大展好書 好書大展

大展好書　好書大展

文學叢書8

何日再見西湖水

陳長慶著

陳長慶這個人

——序《何日再見西湖水》

白翎

初見印象——文藝營裡的陳長慶

最初印象的陳長慶，是非常模糊的：既無任何淵源，也未曾有過片刻的交往。五十七年初春，在金門中學的那個文藝研習營裡，彷彿是有緣來相會；一個是已離校的學長，一個是大夥兒回去準備過年、卻自願留校憧憬著文字魔術的高二小楞子。說徐志摩一點兒，像是天空中的兩片雲，就算是風雲際會地偶然相遇，還是「你走你的陽關道，我過我的獨木橋」；算不上什麼「一拍兩散」，短暫的際會，根本是未曾接觸，卻早已各奔東西了。

就是那個手中拿著一疊文稿，當一夥兒圍著黃春明、梁光明、張健、管運龍等諸方家吱吱喳喳之際，說是要向黃春明請教小說之道，並且獻寶似地拿出一篇小說，帶有些兒神氣的小子，還有拿著新詩、散文的幾個人，像極「四人幫」陽謀似的，把授課作家給霸佔了，讓大夥兒只有在旁邊乾瞪眼的份兒。

如今回憶起來，其實算不上什麼印象；尤其是管管那個北方漢子的豪獷、汶津那個臺大講師的頭銜、舒凡的小說散文雙棲，特別是黃春明戴著那頂像似教宗瓜帽、偶而從軍用大衣內口袋摸出小瓶高粱酒哈一口的率性，陳長慶那付短小精明的模樣，硬是被比了下來。

這個沒有印象的「臭屁」印象，就勉強權充初見印象了。

以書會友——書店老闆的陳長慶

六十一年夏天，從島外島放逐歸來，再度來到那個學區跨雙鎮、有個好聽名字，遺世孤立卻腹地直貫海岸邊的山中小校。最大的難耐是，民族幼苗回去重溫親情時，山居生活的寂靜、身域的空曠，雖清新卻有幾許的滯窒。晚飯後，往山外新街走，成了實踐曾國藩那條「飯後三千步」訓示的功課；沾了當時全島最末班公車（晚間八點）的光，常常看兩個半場的電影——先看下半場，再接前半場——然後趕搭公車，再走一段漆黑、幽涼的山路歸營。

勉強沾個「文化人」的邊，逛書店成了比看電影更高頻的消遣。當時山外那兩三家的書店，成了我們經常駐足的寶地。那種看書多於買書的駐足模式，不見得受人歡迎；有的書店老闆一見面就噓寒問暖的熱情，化解了彼此間的尷尬，漸漸地，也就駐足地自然而然了。

在陳長慶一次「你就是XXX嗎？」的詢問下，才是真正的初次交會。從此，他的《金門文藝季刊社》就成了轉車空檔的駐足地，當然，更少不了專程拜訪，雖自嘲是為「殺時間」，其實多半是為「翻新書」而登三寶殿的。往後熟識的歲月裡，曾以「清掃灰塵」而戲求工錢，也突顯出書店老闆「以書會友」的待客之道。

惺惺相惜——金門文藝的陳長慶

六十二年夏，轉進到「錢無多、事不少」但明顯「離家近」的現職服務；因時空限制，未能常去駐足，自然就成了「淡水之交」（君子之交淡如水）。

六十三年底，在接到陳長慶的一通問候電話之後，很唐突地親自拿來一包文稿，要我接編《金門文藝》第三期；當時年少不識事，也沒學會婉拒，三言兩語就被擊倒了，「大姑娘上花轎」般地被迫承接編務。同時，欲罷不能地混了三期，成了我此生一項特殊的際遇。

身兼發行人與社長的陳長慶，丟下一些稿件和一張字型字號表後，就落個輕鬆，也不管是如何的缺乏稿件，要人家怎麼去做「無米之炊」，專心地去經營他的書店、去追逐他的銅臭；學不會推辭的人，只好「頭家兼敲鐘」，填不滿篇幅要自己補充、缺那類型的稿件也要自己硬掰，連封面也由自己濫芋充數，而懇求同事解危，再請專家設計；只是封面設計費佔全部出版費用四成的支出，也讓陳長慶掛在嘴邊，摸了好幾下屁股。

終於，在出版週年專號後，有人意願編輯「詩專號」的情況下，交出了這身重擔。這段經歷，確實成了日後交往最踏實的基石。

也是空白——消聲匿跡的陳長慶

不知道是因為宿願得償後的鬆弛，還是經歷書店的績效良好，或者是因《金門文藝》的「做到流汗、嫌到流涎」症候，讓陳長慶著實地在這塊「文藝花園」消聲匿跡了好一段時日。

視《金門文藝》如親骨肉的陳長慶，為了《金門文藝》的催生，的確花了一番心血；尤其是在六十年代的特殊時空下，能取得金門地區的第一張雜誌登記證，不能不說是一項異數。是這分如釋重擔的成就，讓他感覺應該好好休息一下嗎？

以現在的思維，很難想像「書店是特許行業」的說法。而當時，不只是說法，更是不容置疑的鋼律。到底是政策性的保護，抑或是禁忌性的管制，也許存有讓人自由心證與想像的空間；事實上，陳長慶的書店經營過程，就算不是致富之道，也像是樂不思蜀？

早期的金門文壇，曾被封為「文化沙漠」；感謝披荊斬棘的先進們，他們殺出重圍，開闢一條坦直的大道；在如此的氣候下，捫心自問：《金門文藝》是早產兒？如果不思考這塊貧瘠的園地，逕予較高的評價標準，說真的，是太抬舉《金門文藝》了！來自多方、對《金門文藝》直接間接的抑貶，陳長慶始終保持沉默，但可以想像的，他的心在滴血！所以，他選擇了逃避？

我也有一段空白，且在繼續中；原因很簡單：寫作只是談笑用兵，於我如浮雲，更如伯牙與鍾子期，如此而已。至於陳長慶為何也空白？我不知道。如今既已復出，又何必再問下去？

一號讀者——寶刀未老的陳長慶

八十五年，陳長慶的復出未嘗不是一件意外。

雖然他未曾為文自剖，但其中的蛛絲馬跡，依稀可辨。依情剝理，一趟祖國大陸之行，應該給了他不小的衝擊。從他重印早期出版的《寄給異鄉的女孩》和《螢》二書，以及轉進長篇小說的情況來看，陳長慶除了不服老之外，更有為自己的文藝生涯留下見證的意味；搞不定出個「全集」什麼的，和親朋好友共賞一番。如果有一天，在傳播媒體上，看到陳長慶全集套書的廣告，我絕對不會感到意外的。

在《寄給異鄉的女孩》增訂三版、《螢》的再版過程中，應陳長慶之邀，參與了部分文書處理的工作；也成了他的作品的「第一號讀者」。在其中，體認了陳長慶對文藝的固執與堅持，儘管創作的過程受到許多客觀條件的牽制，那種「回也不改其樂」的執著，是令人感佩的。陳長慶未老，是他要傳播的信息；陳長慶老而彌堅，是我深深的感覺！

如影隨形——再創高峰的陳長慶

近兩年是陳長慶的文藝收穫季節。

八十六年一月除了重印《寄給異鄉的女孩》和《螢》兩書，也出版了新書——《再見海南島　海南島再見》——收集八十五年復出以後的小說、散文以及輟筆前未結集的作品；七月份更再接再厲地出版了長篇小說《失去的春天》；我曾戲稱它們是陳長慶的「四書」，是喜愛者的必修。

八十七年承繼慣性的衝刺，在八月份出版了長篇小說《秋蓮》、散文集《同賞窗外風和雨》。同時把歷年來褒貶他作品的文友論著合輯為《陳長慶作品評論集》，一併發行。

如此的出書速度，雖然在國內還擠不上排行榜；但對地區文壇而言，即使不是空前絕後，也是少有的記錄。

今年，陳長慶雖然稍微放慢了腳步，但仍出版了這本《何日再見西湖水》散文集。它的宣示意義在於：陳長慶的「作者年表」裡不再有空窗期。如果他孕育中的小說能順產，明年，讓我們拭目以待吧！

秀才人情紙數頁。贅語與陳長慶的因緣際會，聊表衷心的祝福與虔誠的欽服，是為序。

目錄

附錄

何日再見西湖水

春風吹起我如霜的華髮
卻難輕拂我蒼老的心田
今夕已非十五二十時
何時重臨島外島
何日再見西湖水
已不是一位在塋前徘徊的
老年人所能左右………

二十餘年未曾重臨島外島，今兒懷著一顆沉重的心，陪同友人前來。

同來的是女兒同學的父母，也是名作家陳映真先生的弟弟與弟婦。人對自己的決定，有時會感到不可思議，我竟陪同他們搭乘浯江渡輪，航行在僅一水之隔的金烈海域……。

最後一次蒞臨島外島，是陪著將軍來視察業務。那時，我們搭乘的是（武昌一號）專船。將軍扣著墨綠色的眼鏡，坐在藤椅上，右手指夾著煙，左手輕放在扶手上，微動著高翹的二郎腿，想起：少小離家，老大不能回。口中輕哼著：海風捲起了白浪，白雲瀰漫著山旁……，黝黑的臉龐，川字橫寫的額頭，刻劃著幾分落寞。

侍從官腰上的手槍，以及那排顆顆併列、擦拭得雪亮的子彈；當將軍有了危難，二條細小的槓槓，能護衛肩上閃爍的星光？待他拔下手槍，裝上子彈，或許主僕已躺在血泊中了。有時，也讓我們深深地感受到，職務低微的侍從官，彷佛是將軍的分身，高傲、無禮，講話的語氣，儼若主子的口吻；在忍無可忍時，心中會暗罵：「狗仗人勢」。雖然有發洩時的快感，然而，在將軍面前，我們是立正聽訓；他是含笑稍息。實際上，我們也沒有什麼職務上的疏失和把柄落在他手上，每位業務承辦人都有深怕他在將軍面前胡說八道的恐懼，因而，任由他們神里神氣，耀武揚威——陪侍應生看電影；幫她們要晚會入場劵、代購免稅福利品，十之八九都是將軍的侍從和駕駛。誰敢保證，他們沒有吮吸過姑娘們鹹澀的奶水；誰敢說他們沒有不必買票，而在姑娘們暗淡含腥的房裡磨蹭磨蹭；而茶室裡的管理員，也只是敢怒不敢言，不但不能惹、也惹不起他們背後那對光芒四射的星星。雖然他們不一定是革命戰友，卻有密不可分的主僕關係，尤其是軍管時期的霸權心態，不想幹隨時走路替代了一切，又有誰敢不立正站好，聆聽他的叱責。膽敢頂撞，照樣送到〈明德班〉管訓，讓你承受著心靈與肉體雙重的苦難。

船抵九宮碼頭，武裝憲兵佈了好幾層的崗哨，小島上的將軍帶頭領隊，雙旁分立著顆數不一的梅花，臉無表情，不敢怠慢，彷彿是一尊尊無名英雄的雕像，佈滿著古銅的鏽色。

同是將星，卻是以職務以單位的大小來分辨它的鋒芒。小島的將軍立正站好，五指併攏舉手敬禮，換來的是一句冷冷的「辛苦了」，旁邊的接待車，光亮的引擎蓋映照著將軍高大的身影，深綠色的將軍旗幟迎風飄揚，侍從官右手扶著手槍，快速地弓身鑽進後座，爲將軍啓關帆布車門的是上校：雖然只差那麼一階，想從梅花變星星，還得繞行千萬里；想擁有他的職位和鋒芒，更是在遙遠的深邃裡。

簡短的訓示和指示，將軍陪著將軍，業務承辦人員則搬出檔案和帳冊，我們還得實地瞭解各營站、電影院、托運站的營運狀況，以及問題最多、百病叢生、民眾止步的﹁特約茶室﹂，管理員大部分是歷經沙場、南征北討的老幹部，透過層層的老長官覓得這份安定的工作。然而，生活安定，人卻不安分，白嫖、白喝、詐賭，儼若黑社會老大；然而，他們仰仗著高階的老鄉、老長官，往往只會把他們調換單位，口頭上警告一番，也就算了。因爲他們是長官的長官的同鄉的老部下，怎能不照顧，怎能不包容？

在沒有任何預警與通知下，十一點不到，﹁東林茶室﹂售票房兼餐廳已端出了一盤炒豆芽、一盤豬血炒豆腐、一盆子青菜湯。每人每天十元的伙食費，竟享受到如此的待遇，與伙食公佈表上有明顯的出入。首先進來用餐的是一位年紀不小的侍應生，她自備了鰻魚罐頭、味全花瓜，瘦弱的身軀、無力的眼神、蒼白的臉色和皺紋像盤裡的豆芽菜。渾身沒有一絲兒美感，但她依然有本錢，在這片陰暗的小天地裡討生活，是否正迎合那些以公發的維生素激發性機能運轉，才免得停在計時器上六點半的士官長們。不錯，他以金錢買來生理上的需要，她以靈肉換取生活上的必需。孩童時，看見打扮妖豔的女子，感官上自然的反映就是「未見笑的軍樂園查某」；想不到踏入社會，爲了謀生，竟經辦起這份業務，時常因業務上的需要，進出侍應生房間訪談。

她瞄了我一眼，口中嚼著米飯，牙咬花瓜的微響、鰻魚罐頭的腥味，令人倒盡胃口。我支開了管理人員，交談過後的結論是：「夭壽」、「曚控」、「填海」、「嘸良心」、「死未出世」；所有惡毒尖銳的咒語全出籠。我知道她咒罵的是吮乾她們血液的管理員。而她們的血小板，已存在著一種隨著歲月而蔓延的毒素，當梅菌轉而寄生在他們體內，深凹的鼻樑、潰爛的身軀，是報應，還是輪迴？我們恥於分析，只感到這是人性中最醜陋的一面；限於時間，不能做更多的探訪盤查，但我們會作妥善的處理，不會讓小弊端衍生爲大弊案。雖然管理員哈腰作揖，再三強調副司令官是他小同鄉，副參謀長是他老長官，還有一個是他心靈上永恆的悲痛——梅毒已纏身，就算軍醫組長是他乾爸，也起不了作用。

中午，小島上的將軍在「虎風山莊」以便餐招待。從座次卡上，我們發現，不管與將軍關係多麼親密，年輕、神氣、跋扈、囂張、自以爲是將軍分身的侍從官，終究要遵守倫理，無緣與將軍同桌共餐。被安排在主桌，雖然受到尊重，但將軍的半碗飯幾口菜，蒸鍋裡的全雞未曾攪動，只是少了一點湯，一句嚴肅的「慢吃」，嘴裡的飯尚未嚥下，則必須起身恭送，這是官場上莊嚴神聖的食之文化。爲了日後能升官，必須委曲一下深凹的肚皮，就慢慢適應和學習吧……………。

浯江渡輪已緩緩地靠岸，記憶中的九宮碼頭與此刻是兩個截然不同的影像，水泥砌成的階梯，滿佈褐色的苔蘚，小小的浪花輕輕地拍打著護堤，低空掠過的海鳥、岸上扶疏的草木，我蒼老的心田，彷若港灣裡遨遊的魚蝦，那般地怡然愜意。

今天陪同來客，重臨闊別廿餘年的島外之島，原想不打擾任何友人，只連絡上兼營小客車的友人之妻，雖然在電話中自我介紹，但彼此是陌生的，心存的也並非想坐霸王車，而是今兒景氣不佳，百業蕭條，同樣需付車資，爲什麼不付給勤儉持家、先生娘兼運將的友人之妻，由她來當嚮導，也更爲恰當。

我們步上滿是泥垢的水泥階梯，海風吹亂我蒼白的髮絲，春風則親吻我多皺的臉龐，踏上候船的平台，一水之隔的大島，此刻正瀰漫著薄薄的霧氛。海上的漁舟，也忙碌地穿梭在這片湛藍的海域裡。然而，這短短的航程，卻遙隔著我廿餘年的日月光華，由當初俊逸的青年，到此時日薄西山的老年，再過幾年，或許是由我的魂魄，像幽浮般地，在這塊小小的島嶼神遊飄盪。

我禮貌地引導來客往南走，在臨近大門口的哨兵亭，卻訝異地發現友人林君，他是島上一所分校的教學組長，原先約好的小客車運將，就是他太太。他是因公來此，還是另有要務，疑惑在我心上，喜悅則在他臉龐。我久久地凝視他烏黑光亮的髮際，無紋的額頭和眼角，歲月盡把橫寫的川字，銘刻在我額上，而他雙頰紅潤，腳步輕盈，貼身時髦的服飾，展露出中年男性的成熟和穩重。我不願以那些只有外表的亮麗、沒有內在涵養的明星與他相提並論，誠然，我已年老，腦卻未昏，始終記得用遠近的距離來欣賞古榕，這是美學的原理，亦是以蒼蒼華髮換取而來的不二經驗。他那份帥氣，就如同古榕樹上茂盛的綠葉；那份沉斂，就如同襯托綠葉的枝枒，那麼地令人難以忘懷。

朋友的來意已明朗，我簡單地爲來客作介紹，簇新的轎車，快速地駛離九宮碼頭，廿餘年前，車輪輾過塵土飛揚的黃沙土路，已由現代的柏油取代昔日的古典。雙旁的草木，盎然的綠意，溫煦的嬌陽，微微的春風，讓來客品賞這島外島清新無染的空氣，自然怡人的景緻。蟬聲由田埂上的苦楝樹傳來，一聲聲悅耳的知了知了，不管它是黑色的「杜麗」，土灰色的「蟬仔」，還是綠色的「青枝仔」，不自覺地喚醒了我失去的童時記憶。

朋友把持著方向盤，時而轉頭向客人敘述島上的歷史和文化，這是在學校聆聽不到的課程，也並非人人能朗朗上口；歷史不是鄉野傳奇，而是事實的記載。如果沒有國學根基，文學素養，不能更深一層的去剖析去探討，難免會流於空洞。

我與林君是《金門文藝》的同仁，他廿餘年前曾出版過《那夕迷霧》、《井湄少年》、《月光、枯枝、窗》等多本文學書籍，無論造辭用語，情景描述都溶入深厚的鄉土色彩，也是被公認最有才氣的作家，然而是家的牽絆，還是生活重擔的壓抑，我們不清楚他輟筆的原委，自己亦有一段長長的空白期，又能以什麼妥善的理由來解釋，來辯護。雖然熱愛鄉土的情懷不變，雙肩卻無力挑起浯江水，同來灌溉這片已萌新芽的文藝園地。

轎車在木麻黃的濃蔭下停穩，春陽含笑地停在〔八達樓子〕的上空，我們相繼地下車，橫跨過路邊的溝渠，新翻的泥土，不知名的草本花卉已綻放出紅紫相映的小花朵，它是隨著季節自然地成長，還是要歷經春風的輕拂、春雨的滋潤？它是否能展露頑強的生命力，越過炎夏，在蕭颯的秋日裡綻放，還是禁不起風吹、雨淋、日曬，就枯萎？植物雖然沒有血性，但依然有生亦有死，在生之過程裡，和人並無兩樣，離不開大自然的陽光，空氣和清水。而此刻，我們目視的是八達樓子雄偉的建築，以及城堡上握槍擲彈的戰士雕像，早已把這方微小的植物拋在腦後，甚至進了城門，已遺忘了它們的存在。誠然，它曾經帶給我們初臨時愉悅的心境，但喜新忘舊是人之本性，況且它們只不過是幾朵禁不起風吹雨打的春花，怎能與這方仿古的城堡，雄偉的建築，古銅的雕像相爭輝。

林君引導我們登上旋梯，而我沉重的腳步，仿若要攀上心中的巔峰那麼地艱辛，是否能不必依靠雙旁的扶手，以鳥兒般輕盈的腳步，一躍而上；還是像老舊的時鐘，走走停停。當生命的列車不再走動，體內的時鐘不再搖擺，人生歲月離我愈來愈遠，就是生命之泉枯竭的時刻。我們想爬上旋梯，登上頂端，與七位各就戰鬥位置的戰士會面，已是多餘的奢望。

來客聚精會神地聆聽林君對歷史的闡述，史實不能誇張，不容改變，更不能扭曲。誠然，事發的那時，我們還在陰曹地府尚未投胎轉世，腦海裡也沒有鬼子的影像。而此刻，面對握槍擲彈、爲國犧牲的英雄塑像，沸騰噴張的血液，不容我繼續思索。抬頭遙望對岸層層山巒，雖然曾經踏上祖國的土地，登過長城，而腦海裡、心靈上捕捉了些什麼？記憶終將慢慢衰退，身軀亦有腐蝕的一天，我們是否該珍惜這短短的人生歲月？還是讓那永不回頭的時光，從我們的思維中溜走？

轎車再次繞行在柏油路上，雙旁木麻翠綠依稀，田埂亦是綠意盎然，廿餘年前純因公務來此，對島上的鄉村聚落並無深刻的印象，左轉右彎的道路，亦是一片渺茫。朋友雖然加以詳介，實際裝進我記憶裡的則有限，客人卻是滿臉的喜悅、滿懷的新鮮，能徜徉在這片綠色的長廊裡，何嘗不是此行最大的收穫。

我們順著傾斜的水泥路面緩緩前行，春陽溫煦地照在右邊的店屋，以前的軍事重地，隸屬的又是國防部心戰總隊，想逕行入內，隨時會有手拷腳鐐加身的可能，後來歸併金防部，由主管文宣的政二組督導。廿餘年前來此是隨著將軍來慰問，他緊握住女播音員的手，說了好幾句「辛苦了！」慈祥的臉龐，也流露出一些無奈，內心承受的依然是那句令人心悸的口號。我們也深知，大陸是我們的國土，大陸是我們的家鄉，我們要反攻回去，把錦繡河山收復。而今，將軍已長眠在五指山，反攻大陸的口號已塗掉，替代的是牆上那片浮雕，和門外幾挺過「氣」的機槍和大砲。哨兵不再盤問你的身份，也不必出示證件，把歷年來國共對峙，雙方交戰時的戰利品，光輝耀眼的勝利史。以前不能曝光的眾星大名和玉照，此刻，卻像名家的攝影展和書法展，一幀幀、一幅幅，裱框懸在白色的牆壁上。他們有些已殞落，有些依然閃爍。想當年，一聲令下，九條人命就倒在血泊中，這種「英雄」事蹟則不能炫耀。他的尊容，就在眾星中。我們蒞臨這個莊嚴神聖的戰史館，只對他陳列的層面做一番瞭解和回顧，一切功過、榮辱，一切是非、成敗，無須擅下定論，留待史學家來定奪。

來客對九三、八二三兩次戰役的史料，久久地凝視端詳，對兩岸交戰時的武器圖片，也詳加比較。然而，未曾遭遇過戰爭，服役時又是在臺灣本島，沒有實際經驗，就彷若紙上談兵，沙盤推演，當大敵臨頭，是該喊救命，還是衝鋒上陣？當深夜水鬼摸上岸，是先喊口令，還是扣板機？播音站的擴音器已由輕鬆的名曲小調取代不實際的喊話。心戰、心戰、心理作戰，在這個高科技時代，還能衍生多少作用？這是一個極易思索的問題。

來到心儀已久的「陵水湖」，湖裡盈滿著春水，隨風盪漾的水波，湖邊翠綠的水草，我們站在木麻樹下欣賞這片遼闊的人工湖泊。是否這初春下的湖水，仍帶著冬末的寒意，怎不見棲聚在湖邊的水鳥，出沒於其間？我們已無心欣賞低垂的柳樹，湖裡的波光，雙眼凝視岸邊的每一個角落，還是無緣見到那群可愛的水鳥。

我們失望地跨上車，車窗外的微風，帶來一絲清涼意，轎車繼續往北疾駛，雙旁高大的木麻黃卻擋住了我們的視線，間隔的空隙裡，藤蔓纏住枯枝和野草，遠處的蟬鳴，近處的鳥叫。朋友停車的地方，是島上沒沒無聞的（西湖）堤畔，雖然它不是浯鄉的廿四景之一，也沒有陵水湖刻意修建的湖碑，高官的題字，圓形的圍籬來襯托。西湖堤岸的景緻自然幽雅，湖水清澈，沒有水鳥低飛，卻有水鴨遨遊；湖面雖不遼闊，卻有湖光山色，相互輝映的景象。陵水湖雖有高官撰文爲誌，然而，刻意地修飾只代表著某些意義，卻把湖的祥和和美感完全破壞掉。君不見，當初湖碑的圓形圍籬，用水泥砌成來固定鐵鍊的矮柱，已斷了好幾根，粗大的鐵鍊亦已鏽蝕，而又有誰來關心它呢？我們是否該轉回頭，在（湖井頭）的戰史館，找到當初攔港築堤的韓卓環將軍，請他指點迷津，該由誰來維修？是鄉公所，還是守備區？因此，當我初臨西湖，吸引我的是自然的景緻，而自然就是美。任憑是湖中的一節枯枝，一株漂浮不定的水草，堤畔的青苔，低垂的柳樹，都是我心中最美的影像。朋友和來客是否能接受我此刻的感受和想法，人對美的賞析也有不同的解說和認定，陵水湖的美，美在它的遼闊，美在它的一望無際，西湖則美在自然和秀氣。因而，自然是我們急欲追求的意象，鍾靈秀氣是文學的表徵，我們熱愛文學，也愛大自然。雖然重臨島外島，並非是尋找靈感的泉源，而是陪同友人來參訪，相信我們的內心裡，都同感這份自然的悸動。

信仰基督的來客，我們帶他參觀〈烈女廟〉，不管是否妥當，然，仙姑的貞節，素為島民所敬仰，香火的鼎盛，亦非其他廟宇可媲美，主體建築更富有古中國的傳統藝術。我們並不冀求他們入廟焚香膜拜，也尊重他們的信仰。大凡正統的教義，都以善為出發點，以啓發人生、激發生命的潛能為本意。各人的祈求或許有所不同，膜拜的方式亦有差別：佛祖、天主和上帝，雖然同樣讓我們見不到，卻是我們精神信仰的指標。

步下臺階，雙旁是青蒼翠綠的龍柏，過馬路是幾株高大的林木。朋友向來客講述有關仙姑的故事。故事發生在近代，不是古老，內容是真實，不是傳奇。仙姑的忠貞志節，必將流傳千古，相信信仰基督的友人，也會認同這份事實。

來到〈東林〉，嬌豔的春陽己偏西了一點點，駐軍的減少，人口的外流，使原本熱絡的小市區，已顯得有些冷清，但店家陳列的貨品，卻是廿餘年前的數倍，新興的行業也相繼地設立，美中不足的是窄小的街道，已沒有發展的空間，駐軍經營的〈國光戲院〉也早已停映。友人搖下車窗，以時速二十的慢車程，環繞了我廿餘年前因公務而來的好些地方。他要我緬懷過去，還是讓我想起從前？我們曾經開玩笑，待他從教職退休後，介紹他到茶室當管理員（當然還得賣票兼提水），這句玩笑話，彷彿是昨天剛說的，而時光竟匆匆過去廿餘年，又怎能不感嘆？歲月讓我們成長，也讓我們蒼老。

我們走進山坡下一棟新建的飯店，二樓的餐桌遙對著窗外的海域，尚未完工的漁港，施工用的浮動碼頭，港邊的沙粒石塊，不遠處的漁舟，天邊的雲彩，這是一幅多麼難以捕捉的自然美景呵！來客的臉龐盈滿著笑靨，我們也聆聽一段上帝的故事，桌上的紅酒，雖難染紅我們的臉龐，卻溫暖著我們的心，重臨闊別了廿餘年的島嶼，很快又要再分離。長夜漫漫路迢遙，友情深如水，常記心頭永不褪。春風吹起我如霜的華髮，卻難輕拂我蒼老的心田，今夕已非十五二十時，何時重臨島外島？何日再見西湖水？已不是一位在塋前徘徊的老年人所能左右：：：：：：。

白翎插播：

冷眼觀人生、肅心剖人性；身在官場中，應非官場人。陳長慶相隔二十多年的島外島之行，正是島民今昔的冷暖境遇。

曾幾何時，被尊為「反共跳板、自由燈塔」的英雄島，如今，作為唯一保護「戰爭事蹟」而非「自然景觀」的國家公園；迷彩服不做保疆衛土的野戰服裝、而是走上街頭爭取權益的道具。一覺醒來，才恍知今是而昨非。

「狡兔死，走狗烹；鳥獸盡，良弓藏。」更何況土狗非獵犬，枯木比利箭。人性如此，明訓弗欺，唯嘆「無奈何」！

少年不識愁，或許不識其中滋味；中年島民讀此文，不妨嚼蠟一番！

晚霞盈滿新湖港

倘若夕陽褪去彩衣
潮水流向深邃處
我生命中的光環
是否仍能如
繁星般地閃爍………

走過新湖圓環的指揮哨，停車檢查的欄杆已隨著腐蝕的鐵絲網而拆除，鋼盔下鐵鏽的面孔，已吹不響尖銳的哨音。那曾經深恐水鬼摸上岸的叢林峻巖地帶，那曾經用刺狀的鐵絲網、別上空瓶鐵罐、隨風叮噹的雷區危地，在不必反攻大陸的今天，已被高溫火爐所熔解。它們能再造什麼？是廉價的瓶罐？還是鐵釘？但願重新打造的，不再是傷人的尖銳品。誠然它曾經讓敵人懼步，但我們何能遺忘，是誰的鮮血把這片海域染紅了？八二三的陰霾、六一七怵目驚心的落彈，血肉分飛的鄉親、暴露荒郊野地的牛羊屍首。彷彿就在眼前，就在我們尚未褪色的記憶裡。

兩旁新建的住屋，曾經是一片高低起伏、雜草叢生、亂石遍佈的小山丘。那時，我們是自衛部隊的後備隊，穿了公發的迷彩服，紮了S腰帶，荷槍握彈，在一處廢棄的掩體，丟下一顆美式手榴彈，當拉開保險環扣投擲時，微抖的不是手臂，而是心靈。雖然我們擎起的是保家衛國的旗幟，而這枚不起眼又醜陋的玩意，卻是無數生靈的摧殘者。戰爭讓我們恐懼，讓我們創傷的心靈難以撫平。野蠻人使用刀矛，文明人使用槍械，科技的進步，文明的躍升，並不能減低人們的敵對；仇恨並非與生俱來，窄小的心眼，容不進一粒細沙，當利益即將遭人掠奪，橫生的嘴臉終將扭曲。拼了吧，兄弟們，把親情友情拋開，別去理會文化和道統，同胞的生命又值幾文？以刺刀劃下地界，升起血腥的旗幟，我們不想以庸俗的辭彙來咒罵他，讓一切回歸歷史，由史學家來定奪。

微微的和風輕拂我皺紋滿佈的臉龐，陡峭的坡路讓我的身軀弓前不隱。偏西的炎陽，映在左邊的峭壁上，攀岩的籐蔓，由巖縫中露出翠綠的籐蘿，它緊緊地攀在佈滿青苔的岩石上，誠然必須忍受炎陽斜照，但在多雨的夏季裡，充沛的水分，晨起的露珠，苔蘚風化後衍生的天然肥料，讓它攀上尖峭險峻的岩壁，展現頑強的生之毅力。我們不想以華麗的辭藻來歌頌和禮讚，這畢竟是大地上自然的景象。一旦進入時序的秋冬，天不再普降甘霖，石縫裡不再湧出清泉，青苔必將枯竭，籐蔓是否能熬過秋冬，在春日裡重燃生機，還是隨著季節的變換而枯萎。

臨海的山丘巖石，已被切削了大半，用來填海築港，這是戰地政務時期，動員兵力協建而成的港灣，把原來停靠在料羅的漁船小舟，轉移了避風地，讓料羅成爲軍事重於商業、漁業的港口。我們都知道，一旦軍艦準備入港，碼頭一切裝卸作業必須停止，商船必須退向港外，不管它載運的是民生物質，或將腐爛的蔬果，都構成不了優先卸貨的理由，這是單一法規，鐵的紀律，也是世界各個港口少見的情景。儘管地區已不再受軍管時期的限制，然當初的單一條款，依然沿用迄今。坐在冷氣辦公室的老太爺，拼起酒來無敵手，到了酒店一晚擲千金不心疼，只計較薪俸的高低多寡，不過問民間的疾苦，把光陰虛擲在歡樂嬉笑中，那有心思把不合時序的陋規惡習研擬廢除，重新擬出一套與時代相揉合的正規律條，讓鄉民免於生活在軍管時期的可怖中。

左邊的石壁，並非巨巖堆疊而成，它是經由工兵爆破、開挖切成的石壁。壁上的裂痕，沾滿了石灰雜屑，下緣冒出水珠，籐蔓已垂下嬌嫩的綠葉，假以時日，它是否能攀緣在這塊岩石上，與山頂的草木同生共長。我們深信，它的根部已深入岩縫裡，縫裡的甘泉，自然的塵埃，始必能供給它充足的養分。果若不受到惡意的摧殘，過完春夏和秋冬，這片光禿的岩壁上，始必會被籐蔓所綠化。

不遠處的鐵絲圍籬，是深恐頂上的落石滾下傷及無辜的行人，然而，它歷經室外的風霜，歷經無情歲月的吞噬，銜接處已鏽蝕斑斑，它的骨幹是否能承受流沙和落石？我們不能揣測它能支撐多久，也無法預告它未來的命運，就讓一切隨緣吧！

港內已泊滿大小船舟，含腥的微風一陣陣地撲來，浸濕的攬繩，緊繫在岸邊的鐵柱上，船身隨著潮水晃動，彷若我漂浮不定的人生歲月。或許是來的不是時候，還有晚歸的漁舟尙未進港，怎不見港內忙上忙下的漁民，還有滿簍滿筐的魚蝦。潮水沒有明顯的漲落，這與時序的大小流有所關連，在海上討生活的漁民，他們能觀潮水、看水流，絕不輕率地撒網；然而他們魁梧的身軀，古銅的膚色，黝黑的臉龐，粗糙的雙手，能網起海裡的生物，卻網不住易逝的青春歲月、燦爛年華。

潮水的漲漲落落，人生的起起伏伏，我們企求的、盼望的，總是失望多於希望；遠不如低空掠過的海鳥，港灣遨遊的魚蝦——它們無憂無慮，我們俗事纏身、煩惱加頂；他們逍遙自在，我們則須承受生活的重擔、苦痛的折磨。

站在雜草叢生的西邊堤岸，近海是一波波人工養殖的蚵田，遠方的雲海，天邊的彩霞，湛藍的海域，洶湧的波濤，幾抹浮雲在天邊遊移，霞光則映照在港內的小舟上，赤裸著上身、穿紅短褲、暴露出強壯肌膚的蛙人弟兄，提著藍色小膠桶，俯身打起水，沖洗小艇上的泥垢。曾經，他們冒著生命危險，乘風破浪，在沿海、在敵後，擔任特殊任務，爲多難的國家立下汗馬之功，他們的隊長更榮獲多屆的克難英雄；而今，遙遙相對的兩門，敵意雖未全消，期盼已久的直航亦未實施。然而，生長在四十年代的我們，親眼目睹國共對峙時的慘劇，親眼看到躺在血泊中的鄉親父老。沒有歷經戰爭，不知戰爭的可怖；沒有領受苦難，品不出生活的美味。這群年輕的蛙人弟兄，他們在自由地區成長，過著安逸的日子，沒有敵前敵後、出生入死的悲壯經歷。誠然，此時的環境已異於彼時，敏感的政治也做了急轉彎。或許，太平的日子已到了，然太平也容易讓人迷失，此處已不再是戰地，不再是一片純靜的泥土；無知的政客、勢利的商人，引進異鄉的神女，她們硬挺下垂的乳房，伸展含菌的雙腿，把發酵的迷湯，灌進鄉親的咽喉裡，供奉「豬神」，祈求浯鄉的壯丁都成爲「老豬哥」，好把他們的錢財搜括殆盡。

天邊的彩霞，海平線上的雲海，我們賞析的是一幅無所取代的美景，不是畫家筆下的水墨畫。然而，黃昏暮色已臨，晚歸的漁船也已進港，水中反映的已不是七彩的霞光，而是岸邊路燈的光芒。我們曾經徜徉在這片怡人的美景裡，在它柔和的波光水影旁漫步。當晚霞盈滿了這祥和的港灣，卻也告訴我們是黑夜即將來臨的時刻。前方小小的塔台，閃爍著一藍一紅的燈光，它並非是引導船隻進港的燈塔，也沒有放射出萬丈光芒，是否藍燈象徵著光明，紅燈代表希望，要把陰沉的黑夜驅離。

溝渠裡有喀喀的蛙聲響起，草叢中亦有吱吱的蟲聲同鳴，月光映照在這碧波無痕的港灣。我卻拖著沉重的腳步踽踽獨行。是否該重新環繞港岸一周，還是往回程的路途行走。右邊的小廟有晚課的木魚聲響，繚繞的清香和梵唱，彷若我蒼老的心在顫抖。尼師敲打的，似乎不是木魚，而是我即將回歸塵土的靈魂。當明兒日薄西山時刻，這片海域依然會盈滿七彩的霞光，我將重臨佇立在巨石堆疊的海堤上。倘若夕陽褪去彩衣，潮水流向深邃處，我生命中的光環是否仍能如繁星般地閃爍？神遊的魂魄，是否能尋覓到棲身之所，抑或是還要在這荒郊野地繼續流浪。燦爛的時光已走遠，心中的旭日難再升，當霞光再度盈滿新湖港，我將揚起生命之帆，航向未來，航向久遠，航向心靈的最深處：：：：：。

白翎插播：

一個很令人感嘆的對比：

老一輩的三餐不濟，小孩子候著父母爭食；現在衣食無缺，做父母的逼著孩子進食。

看著今日尚義機場每天十多次的巨機起落，回想起往日的湖前海灘；下午報到、午夜登艇、凌晨啓航；不是擠沙丁魚，根本像是待宰的豬仔；巨浪的顛簸，連膽汁都吐盡還作嘔。

孩子們笑說：他們的命好。

難不成他們的「先生」都是紅顏？

平平十六歲，按泉會差現多？

在時光的深邃裡

我們已尋覓到自己的方向
不必踩著別人的腳印前行
寧願在時光的深邃裡
接受考驗
絕不向現實低頭
更不爲名利損格………

今夜，我躑躅在秋風颯颯的木棉樹下，卷曲的落葉，在腳下發出微微的響聲，冷颼的街道，暗淡的燈光，讓夜的情愫籠罩在淒涼朦朧的美裡。

曾經，這兒是一片雜草叢生的沙丘草埔，雖有幾畦田地，但貧瘠的沙土，農耕的落後，並沒有讓它變爲良田，泛黃的蕃薯藤，開花結不了果的落花生，歪斜的麥穗，禁不起鳥雀的啄食、鼠輩的横行。然而，居民依然無怨無悔地守住這片沒有稻香、只有土香的田野……。

那是一九五七年左右吧，政府有意把它規劃成一個新興的商業區，蓋了幾十棟南北相向的灰瓦店屋；但在店家尚未營業時，卻爆發了舉世聞名的「八二三砲戰」，粉碎了多少人的美夢，也讓好些鄉親無家可歸，遷臺避難。雖然，主政者自稱是這場戰役的勝利者，但民間百姓所受的災難，卻是這場戰役的犧牲者、失敗者。

那時，我們年紀尚小，跟隨父母躲防空洞的日子，高達四十餘天，而那厚度僅十餘公分，由水泥鋼筋灌漿而成的掩體，果能擋住威力勇猛的鋼製彈頭？或許是我們僥倖，沒有遭受落彈的襲擊。每次，當我們聽到對岸發射的砲聲——「轟」

、在空中穿梭的——「咻」、落地的——「抨」；幼小的心靈，天真無邪的臉龐，仍然掩飾不住那份恐懼、那份悲傷、那份怵目驚心的神色。岸的那邊，曾經隔海喊話：停火一周、停火半月、到所謂的「單打雙不打」，把善良的百姓耍得團團轉。當我們由潮濕陰暗的防空洞回到溫暖的家，則是在古老的眠床上鋪上一層層破舊的棉被，以及盛裝農作物的麻袋，全家大小老幼，不是在眠床上睡覺，而是在床底下假寐。

光陰匆匆地輾過四十餘年的日月光華，在這其間，我們嚐盡了人間的酸甜苦辣，也由童年、少年、青年，而進入老年，寄居在新市里，亦已超過我人生歲月的半數。倘若我能活上百歲，前言似嫌武斷，但我已看透紅塵，認清這個世界，短命比長壽更適合一位販賣腦汁的人。生活的牽絆，人情的冷暖，這塊新生的沙地，並沒有爲我凝聚財富和智慧，只讓我以蒼蒼的白髮，換取文學生命的延續和再生。

曾經，我懸掛的是一塊不能稱店的市招，市場亦由老字號大資本的同業所把持；我用點頭鞠躬換取生活的必須，而路過的文人墨客，卻是我蟄居異地最大的收穫。彼此不分官階的大小、職務的高低，名家或新秀。誠然，有些早已是國內文壇、詩壇的作家和詩人，當他們盤旋在我窄小的空間裡，一壺清茶，就可讓我們原已交集的文學之心再蠕動。我們品嚐的是淡淡的茶香，以及友情的馨香；不是庸俗的酒肉香，或是聲色場所的脂粉香。我不願把他們的大名一一列出，來提高自己的身價。文壇沒有年齡之分，只有作品的差別；一位作家倘若歷經歲月的洪流，寫不出他內心欲表達的意象，他的文學生命，終究要做死亡的宣判。而是否能重獲新生，綻放文采，或許尚須歷經痛苦的煎熬、心身的折磨。因而，我們深刻地體會到，停筆容易拾筆難。

在現實的環境裡，我們經常可見到一副醜惡的臉孔，空有的虛名，嘴角的泡沫，張三寫得並不怎樣，李四寫得又不夠水準，只有文學生命已死亡的他們行，只有在酒桌上醜態百出的他們了得，見到足可當他女兒媳婦的女子，馬上暴露出一副色迷迷的「豬哥相」。在戒嚴時期、軍管時代，他以地虎之姿，活躍在紅壤土上，而後仰賴姓氏的聚落，廿餘年來，一路「長」到底，疏離了坦誠面對的親朋好友，現實社會裡的惡習樣樣精通，小人的讒言奉為聖旨，忠言並不能喚醒他自溺的靈魂。我們批判人性的角度和尺寸，並非是無的放矢，也沒有特定人選；誰敢說這個不完美的社會，沒有這號人物，沒有這種事實？憑著一點權勢，認同的不是浯鄉子弟的學識和才華。學會了老毛那套鬥爭手段，只因爲他文學生命已死亡，酒精中毒的手已顫抖，腦海裡是「孫中山」和「白嘉莉」，眼簾裡是搖擺著臀部、晃動著大奶子的脫衣秀。他們已不能思、不能想，更寫不出內心裡心靈上值得歌頌和禮讚的篇章；這是文人的悲哀，豈能光宗，又怎能耀祖？誠然，在這塊廣大的文藝園地裡，我們已耕耘了三十幾個春夏和秋冬，雖沒有傲人的成績，卻也不落人後。幾本不成熟的作品，還曾漂洋過海，遠渡歐美、星馬和大陸，不管是否能被國外的讀者接納，但總是一段可貴的歷程。今天是肯定我們的存在，還是因我們的存在而汗顏？這涉及一個可笑的邏輯，以及讓人羞澀的問題——

先生，請問您貴姓？

果若遺忘了自己的名姓而不自知，迷失了自己而不能自拔；竟連一張選票，也出賣了自己的人格，想換取幾文銀兩，那可是天地所不容的！別忘了，今日請您惠賜一票的候選人，是當初爲你抬轎人家的子女，難道良心真被黑金所矇蔽，連一份感恩的心也喪失了，這是多麼地可憐啊！

朋友曾經說過，社會是個大染缸，官場卻是一個容易讓人墮落的地方。爲民服務的清官已少見，一旦當了官，變質像變天，官僚官氣，逐一纏身，表面是處處爲部屬設想的好長官，暗地裡則先清除異已，順我者生，逆我者亡。這是沒有風骨的文化人，最現實的政治人物，而他們能囂張到幾時？千萬別忘了，有上臺的一天，亦有下臺的一日。何不乘機積點陰德，別等到大禍臨頭，再到處求神問卜，那鐵定要遭受報應和譴責的。不管是現實的人間世，或是冥冥之中，當神智停滯不清時，靈魂將被層層烏雲所籠罩，緊接著是牛鬼蛇神，在腦中盤纏不散，佛家所謂的因果，他們真不懂、還是假不知。儘管受的是正規的學院教育，卻偏離了人生的課程，扭曲了上天賦予他們的使命。草草埋葬了自縊的老母，在聲色場所裡，依然是好漢一條；撿到了軍管時期的死黨，以牛鞭換來官位，見了高階奉迎拍馬，與鄉親交談卻是仰頭望天；這就是社會人士的嘴臉，官場的寫照。我們能怨誰，怪誰？一個暴力色情的社會，一顆沒有血性的靈魂，如此的組合，是悲，是喜，還是現實人生裡的恰到好處。我們恥於分析和表明。

仰起頭，木棉的空隙處，是藍天一片，閃爍的繁星，皎潔的明月，在這熟悉的紅磚道上，我刷刷地踩過卷曲的落葉，並非有意踐踏這些已枯萎的葉片。雖然它已枯竭，但葉上的斑點，蟲兒啃食過後的紋路，深刻著歲月的痕跡和成長的歷程。生命雖被摧殘，來日依然能展歡顏；雖然它已遠離母體，春日的嫩葉綠枝亦非由它再重萌，這就彷若人生的輪迴，世代的交替。當我們體內不再湧現生之清泉，淌出的屍水，腐爛的屍體，已難在人世間宇宙裡綻放光采，而是否真有來生，還是仰賴下一代，繼續我們尚未走完的坎坷路途。當他們踏入這個只有善惡之分、沒有真理的社會裡，是否能堅持原則，不沾染惡習，遺傳先人的風骨。倘若要逼使父母自我了斷，任你是富商巨賈、社會人士，或是基礎雄厚的民意代表，還是撿到「死黨」的「鳥長」，這種「典範」定必千古流傳，還能稱「人」嗎？老花眼鏡下的那張臉孔，是虛偽與奸詐的幻化，當周邊的人們揭穿了他的面目，就如同木棉道上的紅磚盡頭，前走是漆黑的街道，後退已無容身之處；置身的已不是燦爛的人生歲月，而是在冷颼酷寒的深夜裡。

明月已被烏雲遮掩，徒留滿天繁星閃爍。新市街頭已是冷寂一片，與四十餘年前的荒山草埔沒有兩樣；歲月只是改變了他們的容顏，地與空依然遙遙相對。在這街深夜靜的木棉樹下，我所思索的，不是對人生的醜化，而是批判一些無知的政客，以及一個小人得志的社會。今天，他面對的，是一位歷經苦難歲月、在寒冬飲過冰雪、在黑夜渡過危橋的老年人。他的聲名雖不響，卻有傲人的風骨；他無財無勢，卻有文人的高風亮節；他的作品雖自認爲不成熟，卻有老、中、青三代的讀者群；有國內外的詩人作家朋友們。而自認爲是文化人的他們行嗎？三十年來，他寫出什麼東西？除了在公文紙上寫幾個無關痛養的字外，或許連一篇五百字的抒情散文也寫不出來，文壇是一塊現實的園地，要拿出作品，不是倚老賣老；是作品在說話，而不是依年齡、依官階在吹噓；作品可流傳千古，官階卻隨著下臺而死亡；只有永恆的文章，沒有不下臺的官員。如果我們今天所描寫的、所創作的是一些濫三流的作品，早已遭到淘汰，更無顏在這片園地繼續耕耘。不管環境因社會人心而改變，然我們熱愛鄉土之心，永不變，更不能遺忘這片曾經耕耘過的園地。儘管它遭受季節性的淒風苦雨，但溫煦的陽光就在雲層處，信心和希望終將爲我們帶來永恆的歡顏……。

此刻，新市里已在秋夜裡長眠，街燈已熄，木棉樹上沙沙的響聲掠過耳際，紅磚道上晃動的是我孤單的身影，該坐在冷寂的歇腳椅上喘口氣，還是繼續躑躅在秋風瀟颯的寒夜裡？

層雲已遮掩住秋月的光芒，我們不會在黑夜裡喪失希望；不管春風來不來到這個美麗的島嶼，春雨能否滋潤這片乾旱的田疇，我們已尋覓到自己的方向，不必踩著別人的腳印前行，寧願在時光的深邃裡接受考驗，絕不向現實低頭，更不爲名利損格………。

白翎插播：

在「時光的深邃」裡，陳長慶原形畢露。

有幾分激憤、有一些嫉世、再加上一口的伶牙利齒，這才更像陳長慶。激憤是帶有路見不平的俠義、嫉世是走出坎坷的補償、伶牙利齒無非是思路敏捷的賣弄！

站在朋友的立場，或許該勸他：安天知命、盡其在我。但是我說不出口，不是不把他當朋友看待；做為和他同一代的浯島子民，誰沒有幾分苦澀？誰沒有滿肚委屈？今天我出口勸他，明日將如何發洩心中的鳥氣？

五指有長短、晝夜何曾平分？人各有命，正如各有面相。

誰說的：是非審之於己、毀譽聽之於人、成敗委之於數。如此，快樂人生任我行！豈不善哉！不問陳長慶。親愛的讀者，您以為？

永恆的祝福

願妳珍惜易逝的
光陰和歲月
飛向理想中的更遠處
來日擎舉著炬光
散發出愛的光芒
照亮
浯鄉黯淡的一方………

孩子，今兒雖是時序的寒露，但熾熱的秋陽依然高掛在天際。微風只輕輕地吹動木棉的枝枒，讓我們品不出秋風颯颯、落葉飄零的季節。此刻，妳已理好了行裝，稍待一會即將搭乘瑞聯航空的班機，遠赴異鄉求學。依妳的年齡與學業的段落，似乎不該在此時負笈他鄉。父母雖有滿懷的不捨，也不忍心讓妳遠行；歷經多少痛苦的煎熬和深思，還是尊重妳的選擇。但願妳未來的路途，是一條平坦寬廣的大道，以妳的信心和毅力，走到它的盡頭。不要半途停頓，或原地踏步。學成後能擎起炬光，發揮南丁格爾燃燒自己照亮別人的偉大精神，服務鄉梓，造福人群，爲社會犧牲奉獻。句句勉勵，聲聲叮嚀，終將化成離別的依依，該講的，該說的，都已講完、說盡。然而，在妳臨跨出家門，我不得不再重複一句：

品德要與學業並重！

妳點著頭，看看我，示意已聽到了。但是否真能理解，這短短的一言半語，還是厭煩父母不入流的嘮叨，把它當成耳邊風。誠然，我不瞭解妳們新新人類的思維和想法，然妳們的膚髮畢竟來自父母，言行、舉止、智賦雖不盡相同；但，我們卻是生命的共同體、密不可分的父女關係。

儘管，妳曾經爲父母製造許許多多的困擾，也曾經因妳不當的言行，向同學的家長、學校的老師說抱歉；然，我始終相信，妳的心地是純潔、善良的，只是誤把不良少年當朋友，以及青春期叛逆的心理在作祟。明顯的起伏變化，是妳即將進入國中就讀的那段期間，妳在補習班認識了一位，在臺北遭受退學而回金依親的女生，妳們在一起時，不是課業上的相互切磋，也非爲人處世的相互琢磨，而是學會了蹺課、在外遊盪，父母與師長的教誨與規勸，總是以一堆謊言來狡辯；我試以斯巴達的教育方式來管教，但只那麼短暫的時光，依然禁不起狐群狗黨的呼喚，除了較有興趣的國、英，其他需要筆試的科目均是美麗的嫣紅。

課業的優劣，或許與先天的「資稟」、後天的努力有所關聯。我不敢期望妳有超人的成績，也不願看到妳讀到夜半三更，而影響原已瘦弱的身體；小時候，妳經常地高燒不退，胃腸不適，曾經被醫院開過病危的紅單，但在醫護人員細心的照料下，終於度過令人憂心的危險期，妳也隨著歲月而成長、而精敏；然而，寄居在外婆家，或許是欠缺父母的關愛，變得個性倔強「狗怪」，返鄉後，經常嚐到「竹甲魚」的美味，是否因此而影響到身心的自然發展，還是怪父母沒把妳調教好。雖然歷經歲月的洗禮，慢慢地能分明是非，但在部分老師的心中，則依然是一位頑劣的學生。

在國二的一節英文課中，因爲沒有按時繳交作業，遭受老師的體罰，或許是手心疼痛難受、或是一時的氣憤，竟沖著老師高聲地咆哮——

信佛，信什麼佛！

老師怒氣沖沖地來家告狀，我沒問清楚詳情，總認爲沒繳作業是妳的錯，遭受處罰是應該，對老師無禮更是不該；當然回家還要再受罰。然而，過了幾天，老師簽請記妳小過的懲罰令，被貼在校園的公告欄裡。當我從妳導師處得知這則消息，對這種教育體制有了疑問，一種過錯，遭受雙重的處罰，是否有當，教育界的朋友都認爲不妥，既然要依校規處分，就不得體罰，更不必向家長告狀，再遭受另一次責罵。

當事後我們閒聊時，我詢問妳原委，妳理直氣壯、憤憤不平地說：既然老師信佛，佛家是以慈悲爲懷，怎麼可以打人？而且他不是警告，而是使盡力氣抽打。我無言以對妳的辯解，佛家的慈悲，老師的愛心，學子的尊師，其意相同，其理甚明。老師不但是虔誠的佛教徒，亦是一個慈善團體的理事，他晨間打掃馬路、晚上在醫院當義工；而不久前，亦有不當體罰學生，與家長發生了肢體衝突的記錄；是否他在佛的面前有慈心，而在學生的面前無愛心，我們也不清楚他的義止善行，是出於真心，還是作秀？如果慈心與愛心不能相互揉合，化成一道無悔的光芒，那不是授業，而是傳教；老師講的是佛經，學生信的是基督和天主，互不相干。相對地，不尊師重道的學生，任憑她才高五斗、學貫中西，與文盲又有何二樣，終究要被社會摒棄和淘汰。孩子，相信這些粗淺的道理，妳懂；老師的管教或許有所不妥，但基本上，他期望妳能成爲一位中規中矩的好學生；凡事必先自我檢討，接受別人的指正不是恥辱。

三年國中生涯，我們必須感謝妳的級任導師，他對妳的關懷，所付出的愛心，誨人不倦的敬業精神，讓我們感佩萬分；從妳的課業、言行，他都不厭其煩地來與家長溝通，尋求能啓發妳的良方，而妳那「狗怪」的個性一旦復發，管它是「王爺」、「國公」；竟有一次連三字經也出籠，導師並沒有處罰妳，而是以諄諄的善言來開導妳、來提醒妳：不管男女，口出穢言，是一種不恥的行爲；尤其是一位正在受教育的少女，舉止言行必須循規蹈矩，不容許偏差。以妳的精靈，當不難理解老師的苦口婆心，以及爲教育下一代而犧牲奉獻，費盡心思，絞盡腦汁，爲的是要讓妳們在這關鍵性的三年國中，奠定良好的學業根基，學習爲人處事的道理。

隨著時光的遽逝，妳也長得亭亭玉立，雖不是美女，但也五官端正、清秀悅色，思想逐漸成熟，善惡能分，是非能辨。雖然倔強的個性依舊在，受到委屈、遇到不如意，妳會繃緊臉、猛踹樓梯或地面，把悶氣發洩在那雙名牌的運動鞋上；讓鞋店的老闆笑顏逐開。是否能因踹痛的腳丫腳跟，讓妳那「烏肚番」的個性降溫，還是本性已難移，要繼續的「番」下去。如果不小心踢到了鐵板呢！當腳趾流出鮮血、染紅了鞋襪，疼痛的是父母心，不是妳欲滴落的淚水。

終於，不幸的事件從天而降，接到老師的電話，是夕陽染紅天邊時刻，妳放學後，並沒有直接回家，而是被一位染過髮的校外女孩載走，四人共乘一輛輕型摩托車，快速地馳離校園，老師來不及制止的電話放下不久，我的心隨著沉重的腳步踱向室外，望穿無盡頭的新市街道，卻不見妳輕盈的腳步，在回家的路上跳躍；電話鈴聲再次響起，醫院急診室的通知，讓我幾近崩潰，妳清秀的臉龐已是傷痕累累，鼻樑上緣更是縫了十餘針，手肘與腿部的擦傷，著地而破損的運動衣褲，沾滿著泥塵與柏油屑，鮮血已在衣褲上凝結成一塊塊大小不一的疤痕，妳母親向服務單位請假，日夜不眠不休細心地爲妳做最妥善的護理工作，讓妳的傷口免於發炎、糜爛，而痊癒。

然而，距離升學統一考試的日期已近，妳卻請了二十餘天的病假，沒有機會聆聽各科老師的考前複習，忍受病痛的煎熬，斜靠在床頭，自行溫習。雖然被分發到職校的電子科就讀，然妳也能接受，父母亦無怨尤，唯一希望的是課業與操守並重，更能以此次教訓做爲警惕。

開學不久，妳提著電子科必備的工具箱回家，面對它而楞住，似乎難以接受那些鉗子、起子和焊槍。妳重新規畫了未來，選擇以服務人群為志業的醫事學校，薪傳白衣天使的神聖使命，父母雖不放心妳負笈異鄉，但經過多方思慮，還是尊重妳的選擇，願妳能不負家人眾望，遠離那些狐群狗黨，把「烏肚番」的個性改掉，以父母給予妳的智慧，克服萬難，用心學習。誠然，受教育是痛苦的，但別忘了，痛苦過後，距離甜蜜、幸福的日子，就不再遙遠了——這是人生中自然的定律，如果不付出痛苦的代價，任妳有滿懷的理想，心存著希望和抱負，最後總是要落空；想回頭，想釐訂新的計劃，追尋新的目標，已趕不上遠走的時光和逝去的歲月。

此刻，豔麗的秋陽正當中，太武山頭更是金黃一片，飛往異鄉的班機已滑離了跑道，盤旋在尚義的出海口，當它加足馬力爬上雲層裡，妳將暫別這塊孕育妳成長的土地。藍天白雲間，隱藏著無窮的希望，願妳珍惜易逝的光陰和歲月，飛向理想中的更遠處，來日擎舉著炬光，散發出愛的光芒，照亮浯鄉黯淡的一方。

心中盈滿著無言的祝福，淚水在我眼眶裡蠕動；如果妳內心有所感應，那是父女連心的象徵。縱然歲月腐蝕了我的身軀，縱然妳遠在天涯或海角，老爸的祝福，是永恆不變的父女深情，孩子，妳懂嗎？………………。

白翎插播：

當我們小時候，親長整天為食穿打拼；常常書背兩句、字寫三筆，就叱喊著快去牽牛餵豬，而且必須「馬上辦」；讀書寫字那有肚皮要緊。不是父母不關心我們的課業，或許他們不知如何關心我們的學習，根本上他們是心有餘力不足。後來我才知道，這就是：衣食足而後知禮儀。

現在的孩子，同儕爭面子、競流行，只要我喜歡，有什麼不可以？親長的指點是「代溝」、是「其實你不懂我的心」。他們心裡想的，和父母心中的期待，簡直是南轅北轍。但是，我目睹過，遭遇挫折而一蹶不振的有，受過煎熬而幡然覺悟的也為數不少。因此，我深深領悟到：生命確實是在苦難中成長的。

朋友，如果你為人子女而厭煩父母的嘮叨，那麼，我不知道應賀喜你，還是為你惋惜；因為你受到過多的祝福啦！就像長在大樹底下的小草；你看看，百年老樹的樹頭周圍，不常是光禿禿的嗎？

朋友，如果你已是為人父母，那麼，放手讓孩子去走，不要一直牽著他。難道你能牽他一輩子？你忍心讓孩子「牽不到你的手」再來懊悔嗎？走過，就會留下痕跡；跌倒過，才會「打斷腳骨吃倒勇」；受過苦難，生命之泉自然會源源不絕的！

客自異鄉來

古厝廂房裡的油燈
　已爲你點燃
微弱的燈光
卻能滿室生輝
木製的眠床
有友情的馨香
島上不再有戰爭
你可一覺到天明……

大師，歡迎你蒞臨英雄島。

島上不再有戰事，也聞不到嗆鼻的砲火煙屑；當豔麗的秋陽，映照在祥和的新市里，當車輪輾過木棉樹下的枯葉，我陪同一地燦爛的陽光，迎你於塵土飛揚的街道上。銀灰的髮絲、魁梧的身軀、滿腹的文采、八斗的智慧，銘刻在臉龐的是和氣和謙卑。我緊握你那揮灑出千萬言的文學之手，久仰從口中傾訴、心儀在心中盤旋；雙眼是誠摯的交會，腳踏飄香的泥土，把陌生化成一道友情的彩虹，彷彿是多年老友再重逢，永遠不受時空的阻隔，永遠是二顆坦誠的心再交集。然而，簡短的寒喧，我必須先說聲抱歉，蓋因老家有位人瑞駕鶴西歸，在習俗尚未革新前，傳統的儀式不能廢。雖然你信仰的是基督，我們都能理解與接受不同的禮儀。不管公務繁忙、俗事纏身，都必須主動告假抽空返鄉，協助喪家料理後事。

人不僅是萬物之靈，也是群體動物，蒼天賜予我們生，也賜予我們死，任何教派、任何高僧聖賢，都必須歷經這二道關卡。今兒，我們把往生者抬上山頭，明日我們的屍骨也不會暴露在野外；融洽的族群、急難的相助，這是源於傳統、傲視現代的美德。與新新人類講求的近利、標榜的自我截然不同。誠然，佛家的出殯儀式較爲煩瑣：道士的誦經、外戚的祭拜、喪家子孫扶棺哀嚎；當公祭與家祭進行時，則須長跪棺木旁，傷心的淚水、垂下的鼻涕、不能整修的邊幅、子媳的黑衣、孫輩的藍衫，配合中西樂隊奏鳴的哀樂，一路散發著冥紙，把往生者送往山頭。然而，當棺木放進墓穴，必須再以三牲菜碗祭拜后土。喪家在失去親人的哀慟下，依然以最虔誠的敬意，料理繁瑣的習俗，任憑是一道小小的細節，也不敢疏忽和怠慢；與基督的追思禮拜有異曲同工之感，只是表達的方式不一，大師，你該不會認爲我的解釋太牽強吧。

　　金門的影像，對你來說，是模糊而不具體的。一個月的駐防，只瀟洒地在太武山頭走一遭，雖然品嚐了螃蟹的美味，卻無緣輕嚐高粱酒的醇香。今兒，你重臨非因酒香蟹肥，亦非重覽島上怡人的景緻，而是爲孩子們的婚事來提親，來與金門這塊小小的島嶼締結親家緣。曾經爲姓氏相同、信仰的不同，一份無名的苦楚，久久在我內心裡盤纏。然而，我始終沒有排斥，亦無阻撓。孩子們四年同窗，二年歷練，又先後進入研究所，無論性向嗜好，在專業領域裡苦讀探索，追求新知，都有相同處，更未曾爲家長帶來困擾，也從未口角和紛爭；我不敢自榜是青年典範，也不認爲是一對金童玉女，至少，他們已善盡社會責任，成爲一個安安分分、守法守紀、力爭上游的現代人，名利與金錢，勳章與烏紗，不是永恆的光環，而是心靈空虛的加速器。

大師，你從苦悶的文學中走過來，歷經白色恐佈、政治迫害的雙重苦難，豐富的人生閱歷，不朽的思維，以千秋之筆，寫下千萬言、有血有淚的文學作品；而此刻，你是否能認同我的觀點。雖然我們談的不是文學，然而，文學卻是人生的反映、心靈的寫照。孩子尊稱你爲伯父，然膝下猶虛的你，卻早已把他當成自己的子嗣，以父愛的光芒，諄諄的教誨，引導他步上寬廣的人生大道，陶冶成一位知書達禮、謙卑爲懷的時代青年。如此的乘龍快婿，何處去尋覓，然我始終不認爲是高攀，而是佛家所謂的姻緣；這份姻緣雖然繞行了萬里，卻是由短短的紅線所牽繫，不管是佛祖所賜，或是上帝的安排，兩地必當同響祝福的掌聲，共鳴幸福的樂章：：：：：。

那晚，我們在老家的庭院，同賞朦朧的秋月、繚繞的茶香、微微的秋風，繁星在夜空閃爍。你談起青年朋友的作品，多數沒有理想、沒有目標，賣弄的是一堆標新立異的文字，故事尚未進展、人物尚未顯現，床戲則已開鑼；不講倫理道德，以描寫傷風敗俗的同性戀引以爲傲，一旦提出批評糾正，還會被譏爲老頑固。是的，我們的社會何止不完美，已淪爲一個笑貪不笑娼、令人澈底失望而又無可救藥的社會：娼妓遊行抗議，要求恢復工作權；貽害青少年的電玩業者，要罷免取締的父母官；民意代表爲了選票，帶頭領隊向公權力挑戰；而身爲一個文學的創作者、歷史的見證者、社會的改革者，是否該爲迎合少數評審以得獎而寫，還是爲我們迷失而不自知的青少年而創作？滿腹的牢騷，是否代表我們觀念已落伍、思想已退化，不夠新潮，寫不出「同志」變態無恥的篇章。想當年，你與七等生、白先勇、王文興、歐陽子……等創辦《文學季刊》、《筆匯》，讓純文學與鄉土文學，邁向一個迄今尚無所取代的最高峰；。〈我的弟弟康雄〉、〈唐倩的喜劇〉、〈夜行貨車〉、〈第一件差事〉、〈將軍族〉……等，雖早在我青年時期就拜讀過，至今則依然讓我念念不忘，故事裡的人物、情節，更永存在心中……。

那時，島上尚是戒嚴時期的軍管時代，也被後方的文人墨客譏爲文化沙漠。我以微薄的薪給抵押在《明德圖書館》，借回心儀已久的《現代文學》和《筆匯》，自私地想擁有它們，讓圖書館沒收了押金，把書讀完一遍又一遍，而後深鎖在木箱裡；我的行爲雖有不妥，但被沒收的押金卻是書價的數倍，因而，我感到坦然，並非羞恥。也讓人理解到一位熱愛文學的青年人，在資訊書刊貧乏的地域，他內心所受的壓抑和苦悶。而今，資訊的發達，教育的普及，高學歷的青年一大堆，他們卻遠離了文學，只追求感官的享受，以高分貝的熱門音樂來突顯自身的藝術水準；以妖精打架、灌籃高手來美化自我的心靈；酒逢姑娘千杯少，錢逢美女散不盡，卻計較一本書的價錢和折扣，翻了幾頁就能未卜先知，提出批評、擅下結論——寫得並不怎樣！這是最令人寒心的社會通病。大師，相信你也有同感，並非我無的放矢，不關心這塊土地、不熱愛這些沒有歷經苦難的人們。

我們剖開了綠中微黃的柚子，品嚐了它酸澀的果實，是否要讓未臨的中秋提前來到，好讓清明的月光，映照在祥和幽靜的院子裡，還是讓明年的春花早日盛開，好陪年輕的他們步上紅毯！

皎潔的秋月、酷寒的嚴冬，終將要回到輪迴的時序，等待是希望的延伸。孩子們擁有的是一份禁得起歲月考驗的愛情，且也獲得雙方家長的肯定和認同，虔誠的祝福和祈禱，是他們邁向溫馨、和諧、幸福人生的開始。我們將永無遺憾和牽掛，熱切期盼另一個小生命的到來。雖然，在通往天堂的必經之路，我們又跨上了一步，升高了一級，然而，雪霜紛飛的雙鬢，蒼老的心田，微風輕吹的是一盞燃油將盡的孤燈，不管它的火焰是偏東或偏西，當灰燼散落滿地，我期望的不是加油再復燃，而是讓它安息在這片純樸的土地上，讓飛揚的塵土，覆蓋它的身軀，讓綿綿春雨，滋潤它枯竭的生命。

大師，或許我愈想愈多、愈扯愈遠，竟在這美好的秋夜裡染上了一絲銀灰的色彩，我們交集的文學之心，卻突然中斷。話頭該從何處再引起，彼此久久地沈默，沈默是浯鄉深深的庭院、朱紅的磚瓦、福州的杉木和石塊。我突然想起你追求大半生的《統盟》，統一雖然是你的理想、你的美夢，卻因此而在鐵窗裡度過三千多個晌午和晨昏。大凡具有良知的知識份子都有同感，那是一個霸權主政的時代，呼喚的是自由的口號，標榜的是民主政治，暗地裡的白色恐怖、打壓異己，有人因一幅漫畫換來九年綠島監獄。在這條艱辛的路途中，你獲得的是兩個簡潔的字彙——「叛亂」。一位學者，一個從事文學創作的筆耕者，他所思所想是鄉土的、是古典的，關懷的是在這片土地默默耕耘、犧牲奉獻的鄉親父老。他們身無寸鐵、手無刀茅，是看不見的腦細胞在「叛亂」？還是能思能想也是無可饒恕的原罪？政治讓我們寒心，也讓我們心驚，是否該怪造物者給予我們思，又賜予我們想？倘若人類沒有思想，空有七尺身軀，瓜狀的頭殼，那是萬物之靈的人類呢？還是冷血動物？

歲月是最好的解釋和辯白，此時的主政者，已逐漸地踩著你們的腳印前行，是該統一，還是獨立，相信人民的眼光是雪亮的。然而，一位在這孤島上成長的老年人，一個自幼失學而又熱愛文學的筆耕者，他愛鄉愛國更愛真理。但長期的戒嚴和軍管，一觸及敏感的政治，心中仍有餘悸和恐懼。因爲法律是「公平的」，善良的百姓蒙受的「照顧」特別多。他們喜歡聽的是歌功頌德的謊言，喜歡看的是口含黃蓮、有苦不敢言、立正站好的馴民。多年的深思熟慮，觀言察色，只悟出這一絲兒粗淺之道；而你在這條艱辛苦楚的民主大道上，走了大半生，是否能認同我此刻的思維和想法。

你親手播種的秧苗，已在那片曾經遭受鬼子蹂躪過的土地上，結滿了稻穗；含著血腥的魔手卻妄想連根鏟除、一把火燒掉。然而，秋收後的淒風苦雨，卻是你們生命中的豐盈季。我雖非過來人，亦不是你們的盟友，然我今天所思、所見、所聞，相信是明日近代史的腳本，史學家無權否定這份事實。

未圓的秋月，突然被層層烏雲所遮蔽，空留滿天繁星閃爍；深深的庭院，也蒙上一片陰影。我們是否該把話題轉回到原點，還是無言地等待烏雲過後的明月光。終於，層層烏雲過後，明月又在當頭，皎潔的月光映照在古屋斑剝的牆上，門外的溝渠，有吱吱的蟲聲響起，木麻的樹梢亦有沙沙的響聲，這祥和的農村秋夜，異鄉客是否能適應它的孤寂？或許孤獨和寂寞能讓文思快速湧起，是否該在這孤島上寫下難以忘懷的篇章，還是把所見所聞，深藏在記憶裡。

微風帶來一絲涼意，遠處亦有野犬聲吠起，倘若戰地政務尚未解除，此時已是戒嚴宵禁時刻，哨兵的口令，刺狀鐵絲編成的路障，沒有夜間通行證，誰敢越雷池一步？屋內的燈光外洩，還得受罰。大師，那個時期，島民所遭受的壓迫，不是三言兩語可說盡，美其名為生活在自由中國的英雄島上，實際上，我們享受的是次等國民的待遇。今天你有幸，不必持有警總的出入境證、不必經過廿餘小時的海上顛簸，直接來到這個沒有哨兵盤查、沒有路障阻礙、夜間燈火通明的島嶼，呼吸到真正自由新鮮的空氣。一旦兩岸不再對峙，祖國河山近在咫尺，我們將可搭乘船舶，航行在白浪滔滔的金廈海域，看看岸上青蒼翠綠的山巒，想想分治時的苦難歲月。雖然已開放了探親、觀光和旅遊，但不直接通航，讓歸鄉的路途更為迢遙、讓兩岸的人民付出更多的時間和金錢，而更讓我們迷惑不解的是：中國要統一呢？還是臺灣要獨立？這是一個極端敏感的政治問題，大師，我們就不談吧。雖然你是《中國社會科學院》榮譽高級研究員，也曾榮獲最高領導江先生的接見。然你始終不願在媒體上曝光，也以低調來面對一切的訪談，是否盡在不言中，還是深恐再次遭遇那雙白色恐怖的魔手。這已是一個不一樣的年代，相信你是以最坦然的心胸來面對，絕非是懼怕。

秋月已偏西，夜已深沉，再過不久就是雞啼鳥鳴的時刻。大師，你睏了吧！古厝廂房裡的油燈已為你點燃；微弱的燈光，卻能滿室生輝。木製的眠床，有友情的馨香；島上不再有戰爭，你可一覺到天明。倘若床前有明月光，那可不是地上霜，而是你以傲人的文學成就，與日月爭光………。

白翎插播：

聽慣人家說：長江後浪推前浪，一代新人換舊人。很習以為常。

第一次聽到有人說：長江後浪推前浪，前浪死在沙灘上。心中彷受致命重擊：那種「夢裡尋他千百度，驀然回首，卻在燈火闌珊處」的震撼與驚悸，莫以為名。

身處嚴重老化的團體裡，常常自以為年歲猶輕；眼見他人白髮攻頂，總不敢面對明鏡；還沒有做成後浪，卻在不知不覺中，被推到沙灘上了！逃避與掙扎何用？愈逃避更加沉重；愈掙扎更深陷泥淖！

所以，我很景仰先知。

後知後覺最為痛苦！雖然先知由來最孤寂，但心知肚明，一路走來，可以「始終如一」，無怨無悔；不知不覺雖然常常是活得糊裡糊塗，死得莫名其妙，但是，死去早就萬事空，難得糊塗，還不是快快樂樂過一生！

我不為，人常侮我輕我，數落我消極；我若意有所為，獨木何能撐大廈？瞬間必謗來毀亦臨頭。其實，哀莫大於心死。我雖尚無「心如止水」之功力，但審之度之，自有一番堅持；修心何需從眾，養性豈為人言？得失寸心自知，外力於我何有哉！

所以，我崇拜英雄，卻不追求英雄。

我當然知道「人生自古誰無死，留取丹心照汗青」；雖然人云「煩惱只因強出頭」，無如「乘勢利導，量力而為」，豈不快哉！

疾風驟雨

倘若
雙耳失聰
聽不進朋友的忠言
雙眼老花
認不清這個世界
又何必
投胎轉世到人間

久未見面的朋友王君，突然在這疾風驟雨的午后來訪。粗短的髮絲，佈滿著晶瑩剔透的小水珠，額上的皺紋，彷彿是一條條小小的溝渠；由髮梢滴落的雨水，順勢在這條由歲月挖揭的溝渠裡橫流。

屋外的風聲雨聲蓋過朋友的氣喘聲，疾風吹亂了木棉的枝椏，綠黃交錯的葉片，像隨著快節奏旋轉的圓舞曲；然而，這滂沱的大雨，並不能洗刷長滿青苔的木棉主幹，只在路邊的低窪處，捲起一波波小小的漣漪。

王君用手抖落髮梢上的水珠，踹踹微濕的皮鞋，滿臉燦爛的笑靨，與簽中彩劵沒兩樣，更異於平時那幅不苟言笑的撲克臉。他燃起香煙，深深地吸了一口，而後，吐出一圈圈繚繞的煙霧。

老哥，我走了桃花運。他說。

我看看他那黝黑而生鏽的臉，打量他那圓而鼓起的肚皮；低檔的褲腰，已隨著那條老舊的皮帶，滑落在肚臍下。

呸，瞧你這付德性！

我打從心底冒出這句重話。並非是庸俗的貌相，一個有家有眷、距離生理學上的六點半已不遠的糟老頭，那來的桃花運，但願碰到的不是仙人跳。然而，他一五一十地告訴我：那位女的約四十來歲，丈夫已去世多年，膝下無兒無女，爲了生活在酒店上班；無論相貌、風度、氣質，都讓他傾倒在她那薄如蟬翼的高叉裙下；待人又親切，從不拒絕他那粗糙的手，在她細柔的肌膚上游移；從沒嫌棄他那滿是煙臭口臭的舌尖，在她櫻桃春唇內蠕動；渾圓高翹的大屁股，經常坐在他的兩腿之間，讓他享受到此生未曾有過的酥麻和快感。他滿懷滿腹、心肝肺腑，都是含刺的野花香。深更半夜，背叛著共苦而無同甘的妻室，與酒女幽會神遊……。

認識王君，如果我的記憶沒有減退，總有三十幾年了吧。他不善言辭，有些靦腆；貧窮的家境，陶冶他日後的勤奮；父親的早逝，又得拉拔弟妹，肩挑的重擔，曾經讓他有喘不過氣的感慨。幸好娶到一位賢妻，勤儉持家，教育子女，又以精湛的廚藝，兼營餐館，還清行庫的借貸，蓋了新屋，投資航運與運輸業，因而讓他賺了不少錢，也擠身在董事的行列中，是否因有了錢、有了名，讓他的行爲與生活做了九十度的急轉彎，還是被這不良的社會所引誘。錢能解困，也是生活的必須；同樣的，錢能使人墮落，亦可讓人身敗名裂，而色字頭上更有一把看不見的銳劍。這世界上果真有不愛銀子，而投懷送抱的酒女？還是讓他先嚐迷湯的甜頭，迷失了自己而不自知？一位為生活、為養兒育女，在這現實社會打滾多年的老年人，曾經遭受多少工作上的挫折，曾經遭受多少冷酷的譏諷和白眼。而今，雖然事業稍有成就，但只局限在這塊小小的島嶼，距離「富」字號，還得繞行十萬八千里，而在經濟不景氣、百業蕭條的今天，他所投資的事業已逐漸地亮起紅燈，幾年後又必須汰舊換新，往後的路途更艱辛，並非是他手中的如意算盤。我們也深知，在紅塵中打滾的女子，她們可以不要臉，不能不要錢；以虛僞來掩飾一切，演出那一場場變調的社會劇，抗議政府逼迫她們從良，爭取的是出賣靈肉的工作權；這塊孕育我們成長的淨土，這片歷經砲火煙硝的美麗家園，是否會因社會的變遷，而淪落成一個色情場所。一些沒有出過遠門的憨厚鄉親，禁不起情色的誘惑，第一次爲了好玩，爲了想見識一下未曾享受過的溫柔鄉，爲了親眼目睹遠從異鄉來淘金的神女芳采，三千元有得找，二千九卻是一去不回頭，幾杯黃湯下肚，撲鼻的全是野花香，在胃裡翻攪的是又甜又香、令人神魂顛倒的迷湯，一聲聲嬌羞悅耳的「帥哥」、「王總」、「王董」，已讓他們忘了自己出生的村落和名姓。第二次重臨，再也不必呼朋引伴，羞恥心已遭矇蔽，用美麗的謊言、虛僞的面目，來蒙騙枕邊人，用鴨霸的言辭來教訓子女，講的是四維八德、孔孟老莊，把神女帶回家向老祖宗炫耀，向老婆提出離婚的要求，要與神女廝守終生……

從解嚴迄今，只不過短短的幾年，社會的丕變竟如此神速，善變的人心竟如此的可怖。朋友雖然尚未達到妻離子散的境界，然而，他已先寬恕了自己，拋開內心裡的罪惡感，在酒女面前是好漢一條，左一聲「王總」，右一聲「王董」，他含苞的心花已朵朵開，是否仍能記得今夕是何年，還是錯把孫子當兒子，好讓時光倒轉三十年；倘若錢財已散盡，野花不再飄香，妻離又子散，是否有顏面對古厝裡的列祖列宗？我把所思所想、所見所聞，理性而誠懇地告訴他，雖然人生如戲，戲如人生，酒女的這一招，是江湖上的老套，她是放長線，想釣這條能強身補血的「淡水鰻」。今天，她犧牲小錢，讓你暗爽，明日她將掏出萎縮的奶子，要你喚她娘。朋友，社會是一個染缸，亦是一面明鏡，是否因身陷在那個五顏七色的染缸裡，而無暇照出自己可憎的面目？我們身爲人夫、人父，同時走過五十年代艱辛苦楚的農耕歲月，猛烈的砲火未曾動搖我們的求生意志，爲什麼竟輕易地迷失在燈紅酒綠中？是中了邪，還是中了蠱？是被色所迷，還是色不迷人人自迷？不必羨慕野花的芳香，不能貪圖帶刺的姿色。她對你說過的「良心話」，也曾經對其他恩客傾訴過、承諾過；你所希冀的、要求的，旁人同樣能以金錢來換取。美麗與謊言是她們求生的本能，敢露敢脫換取凱子的銀兩和錢財，而當你的錢財散盡，精神耗弱，喪神失志，她的承諾、她的甜言密語終將化成——

阮愛孫中山，不是老阿伯！

倘若你不覺醒，再繼續纏下去，就等著嚐拳頭吧！

朋友，在我們人生的際遇裡，只見桃花舞春風，何來桃花運？一時的錯誤，將造成終生的遺憾，此時此刻，你已迷失在她的核心，不是邊緣；如果你缺少一面明鏡，浯鄉清澈的池水，亦能反映你敦厚樸實的面孔：知足、知恥是我們邁向人生路途的不二指標。這世界沒有僥倖，靠的是自己的努力和奮鬥；歡場中的女子，更不可迷戀。她能讓你身敗名裂、家破人亡，倘若年紀相當，沒有家室的牽絆，男歡女又愛，能遠離聲色場所，同甘共苦，創造一個美滿的家庭，我們不但樂觀其成，也會以虔誠之心來祝福。而你今天是背叛家庭、違背良心、偷偷摸摸來演這齣戲；雖然戲已開鑼，但獲得的不是觀眾的掌聲，而是噓聲。如果能洗掉虛僞的粉臉，浮現原貌，踏穩腳步，走下臺階，在回家的小徑上，看看四周的田野，緬懷一下艱辛苦楚的農耕歲月，回到以勞力和汗水興建的家園；妻雖不施脂粉，沒有野花香，卻有窩心的油煙味，佝僂的身影是生活重擔的結果。如果她不分擔你的辛勞，你永遠只停留在昨日的時光裡。虛僞浮華的外表，禁不起歲月的考驗，美麗真實的心靈，才是我們所追求的。

朋友，橫生的皺紋亦非與生俱來，父母曾經賜予我們一張俊逸的臉，奈何歲月不饒人……。然而，在往後未來的時光和歲月裡，必須珍惜目前所擁有的一切，不受現實環境所誘惑，遠離聲色場所，以家庭事業爲重，寧被喚做「大條」和「二呆」，不以「王總」、「王董」爲榮……。

屋外風雨依舊，路上行人已稀，朋友的臉色恰似昏暗的大地，陰霾的天氣。我無懼於他的變臉，卻慶幸先變了天；如果沒有這場風雨，他不會蒞臨新市里，原以為我會為他加點油，想不到已先淋了雨，火氣從他心中升，我已備好滅火器；倘若雙耳失聰，聽不進朋友的忠言；雙眼老花，認不清這個世界：又何必投胎轉世到人間……。

白翎插播：

你知道什麼是天意嗎？

天意就是「天不從人願」。或許給你一點甜頭、片刻享樂，到頭來卻是「不如意十之八九」。

天意就是「自掘墳墓」。誰不知是非善惡？但是貪婪、私慾卻無盡頭，所以才有人慨嘆「忠言逆耳」、「良藥苦口」。

天意就是「天作孽猶可違，自作孽不可活」。你知道的。

拴在欄裡的老牛

果若能如人所願
失去自由又何憾
情願被拴在這方
小小的天地
忍受心靈與肉體的
雙重苦難
喚醒迷失的靈魂……

孩子正在翻閱一本叫《星座EQ》的命理書籍，突然天真無邪地問我是什麼星座？我不加思索地說：

——老牛座。

她開懷大笑地告訴我，在十二星肖裡，只有金牛座，沒有老牛座；是我真不懂呢？還是水仙不開花——裝蒜！

牛一直是我們農家的朋友，也是萬物之靈的奴隸。牠爲我們耕田拖肥，然若放慢了腳步，偷吃了田裡的作物，還會遭受人們無情的鞭打和凌虐。聰明的人類爲了駕馭牠龐大的身軀，就以竹筷般粗的鐵條，磨銳一邊再貫穿牠敏感而軟弱的鼻子，綁上繩索；往左向右全由人們手中的繩索來掌控，當牠犁完田耕完地，被檝在一方小小的青草地上，嘴裡啃食著青草，碩大的頭腦，是否能領悟到自由的可貴？還是甘心鼻穿「牛槓」，讓人們牽栓一生，而人類呢？擎舉著自由的火炬，期待著自由、追尋著自由；誠然自由的定義很廣泛、意義很明確：被關在牢獄裡的犯人，深鎖在鐵幕裡的同胞，都是失去自由的人，而一位爲了家的牽絆、生活的壓抑，經年累月在一方小小的天地裡，以微弱的體力，換取日常生活必須的老年人，他是人呢？還是一頭出賣勞力又失去自由的老牛？

牛只是失去不能在原野奔馳的自由，卻不受生活的牽絆；清晨由人們放牧，把牠橛在草埔上，晚間拴在牛欄裡，反芻胃囊裡的青草，雖然在春耕時，累得喘不過氣，秋收後又得準備犁田拖肥，但只不過是季節性的勞碌；然而，一位在茫茫人海裡討生活的老年人，歷經苦難的歲月和滄桑，嚐盡人世間的冷暖和白眼，是爲五斗米，還是滿懷的抱負和理想尙未兌現？果若是當一天和尙敲一天鐘，他顫抖的手，已擊不出幽揚柔美的聲韻，口中已唸不出一句句南無阿彌陀佛；果是有未完的心願，卻是過著行屍走肉般的生活、漂浮不定的魂魄，空虛的心靈，過目即忘的書卷，已失去昔日耀眼的鋒芒。歲月也由繁華歸向平淡，生命中的春花猶如西下的黃昏落日，只有黑暗，不再光明。苟延殘喘地活著，彷若是一頭步履蹣跚、拉不動「軏車」的老牛；然而，在長鞭的揮拍下，不得不一步步地走向田地的盡頭…………。

誠然，在這方小小的天地裡失去自由，耗掉永不回頭的青春歲月，心中只有悲傷、沒有燦然。「爲誰辛苦爲誰忙」這句不太貼切的話，經常在內心裡激盪著；人是因自己而存在，還是爲旁人而活？始終是一則難解的謎題：無意義地求生，冀望死又不能，人因喪神而矛盾，豈能強展歡顏。來生是被牽栓的牛馬，還是飛翔在天際的鳥雀？當思維停滯在悲觀的地窖裡，探索的又是一個虛無飄渺的問題。結論總像西邊的雲彩，只是霎那，不是永恆。

牛有碩大的頭腦，簡單的思維。然而，一旦激怒了牠，脾氣一發，卻不可收拾；人有靈敏的身軀和頭腦，性情卻因人而異，再好的修養，其忍耐度亦有限。當他如牛如馬般地被栓在一方小天地裡，微弱的燈光，照在失血的臉龐，滿室塵埃與冷寂，寄生在時光的洪流裡，任由它輾轉腐蝕，奪去璀璨的光環。是否後悔來到這個世界，在陰暗的角落裡磨蹭？還是能走出心中這片陰霾，在嬌陽下漫遊。然而，多數人被屈服於命運；只有今天，沒有未來。一生追尋著看不見、帶不走的虛名和錢財，以一個牛腦不如的大頭殼，掩飾滿身的罪惡，以銅鈴般的牛眼看人生，自身慶幸活在這方沒有自由的天地裡，與現實的社會保持距離；不與鼠輩同流合污、不向權勢哈腰低頭。倘若有牛兒般龐大的軀體，血絲滿佈的大腦袋，奔馳在原野草原上，不食人間煙火，只聞黃土地上的青草香，不爭權奪利，只以勞力換取雜糧和青草。誠然讓人牽拴一生，任雨淋日曬、任蒼蠅蚊蟲叮咬，總比置身在險惡奸詐的人世間好。然而，此生已無所替代和更改，只有認命地在茫茫人海裡漂浮；如果能就此歇下逐漸疏鬆的雙腳，滋生的銀髮取代腐蝕的腦細胞，思維不再是空白一片，是否仍能寫出內心裡、心靈上不朽的篇章？還是心中的墨水已涸，湧不出文思和清泉；該向世人宣告，一生追尋探索的文學生命已死亡，不久將進入一個陰森可怖的隧道裡，好讓旁人心生同情和憐憫。

文人有傲人的風骨；假文人則虛偽懦弱。一位被栓在牛欄裡，長期忍受著孤獨與寂寞的老人，他何嘗不冀求屋外的陽光。當皎潔的明月升起，繁星在夜空中閃爍，大地上的蟲聲和蛙鳴，果能激發他生命中的潛能，讓死亡的文學生命重獲新生，用筆尖沾著鮮血，揭穿人世間的虛偽和假面，以及人性奸詐醜惡的面目；倘若能如人所願，失去自由又何憾！情願被栓在這方小小的天地，忍受心靈與肉體的雙重苦難，喚醒迷失的靈魂，把善良敦厚、純樸清新的原來面目，回歸到愛的世界裡，讓祥和溫馨的社會，在豔陽的映照下，綻放出一朵朵永不凋謝的春花，讓浯鄉的子民，在遠離怵目驚心的砲火煙硝、割捨戒嚴軍管的臍帶下，免再生活於冰冷酷寒的嚴冬裡…………。

白翎插播：

候選人不少以耕牛、忠狗自喻。

農家的牛，腳踏實地、埋頭苦幹，著實是人類的摯友；只是我們怎麼知道他們是農夫手中的家牛，而不是「公私不分、固執喘月」的笨牛，更不是「爭權奪利、貪婪無度」的蠻牛；笨牛還是從犯，蠻牛可就遺禍萬年了。

狗有忠心不二、義薄雲天的義犬，再如上獵犬、警犬、牧羊犬、導盲犬………等等，都是好狗；只是萬一跑來了「見人就咬」的瘋狗，或是暗藏「狂犬病菌」的惡狗，那又如何是好？

星光閃爍

當新市里的星光不再閃爍
蕭條的街景讓人心寒
何日能遠離低迷的氣息
重燃生機
並不能只靠天邊的一顆星
地上的一片雲
該去追尋雲層堆裡的陽光
才能倍加光明

九八年歲末的一個晌午，我接到臺北雨辰書報社洪經理的電話，他告訴我：當前玉女紅星天心準備在金門舉辦簽名會。經過事前在金門的調查和評估，認爲我經營的書店，是他們心目中理想的地方；騎樓左側是翠綠盎然、主幹已攀上二樓的萬年青，越過馬路是高大挺拔、枯葉綠枝的木棉樹，還有一片寬廣的露天場地。當寒冬的嬌陽穿過藍天白雲處，巨星輻射的光芒，將是雪地上的一道暖流，流遍戍守前線的遊子心靈。我這方小而不起眼的店面，經營者又是一位「狗怪」、「賭閉」、不易溝通、老而不上道的糟老頭，竟能雀屏中選，是幸？還是不幸？我內心無悲亦無喜，以一顆平常心，與出版《天心寫真集》的勇士公司、經銷的雨辰書報社，多方的連繫，冀望能把這場空前的簽名會辦得盡善盡美，讓解嚴後經濟不景氣、百業又蕭條的新市街道，熔入一絲熱絡的氣息。

《天心寫真集》自出版以來，書市上一直處於供不應求的熱賣中，十萬本的銷售量，讓天心、勇士和雨辰同時名利雙收，而在這個偏遠的小島嶼，它能發燒到幾度，一小時的簽名會能賣上幾本？依我多年的商場經驗，以及消費群眾水平的差異，我曾私下告訴洪經理，這將是一場叫好不叫座、看明星、湊熱鬧比看書、買書多出百倍的「成功」簽名會。他以疑惑的口吻告訴我：在臺北的簽名會，二小時賣掉二仟多本，簡直讓天心簽酸了手臂。我默默地沒有做更多的分析和辯解，或許我大膽的假設，錯估了天心的魅力，以及男人夢想解讀她身體的密碼。

從媒體的訪問和報導中，我們知道，天心十歲即在蘭陽舞蹈團習舞，十七歲尙在華岡藝校求學時，就出了第一張唱片，拍過廣告，主持過節目。除了有清新的形象、亮麗的外表、勻稱的身材，那傲人姿態更讓男人夢想、女人嫉羨；市面上一些不入流的寫真集，是仰賴露三點來吸引讀者，而她三點不露，只憑藉著天生的麗質，在攝影師、設計師共同的參與下，拍攝出一幀幀只能夢想，不含色情的畫面。當然，每個人對賞美的角度、藝術與色情的分界，都有不同的解讀和認定。

當我翻開寫真集，首先映入眼簾的，該是她那清純的形象、甜甜的笑靨，並非是三十二F的大胸圍。然而，在這場簽名會尙未舉辦前，已陸續賣了不少本，也聽到正反二面的批評，贊美的、恭維的有之，有些則因見不到露出的三點或一點，而大失所望。人總是因神秘而好奇，愈看不到的愈想看，倘若個個都仿原始人坦胸露背、赤裸身軀，那份神秘也就消失殆盡，誰還會去欣賞那對垂在肚臍上的大乳房。時下的青少年，他們心中的偶像已不是古代的英雄俠客，而是明星：是球場上的帥哥、是舞臺上的美女、是大胸圍翹屁股的波霸，除此之外，並不能說出一套令人信服的崇拜理由，只是一窩風地隨著旁人起舞。

天心以柔美的歌喉、清新的形象，參加過不少次的勞軍活動，也獲得「軍中情人」的美譽。此次拍攝的寫真集，雖然不露三點，然畢竟輕解了衣裳，露出了雪白的肌膚，讓多少男人因此能解讀她身體的密碼、讓多少少女羨慕她傲人的姿色。當我張貼出海報，寫了二句很感性的廣告辭——

男人夢想——解讀天心身體的密碼

女人嫉羨——天心傲人的姿態

所有的路客幾乎都會停下腳步，看看那張含情脈脈、外套敞開、雙峰微露、乳溝分明的彩色海報，而那對亮晶晶的丹鳳眼、高挺的鼻樑、上了口紅的薄唇小嘴，印在雪白銅版紙上的美麗倩影，似乎找不出任何的缺點。如果人不再虛偽，願意把真實的面目顯露出來，她豈只讓人夢想，以想入非非這句庸俗的成語來比喻更恰當。這也是人性內心自然的反映，除了遁入空門的佛學家，以及披著虛偽外衣的夫子們，自恃清高的政客，其他的凡夫俗子要食也要性。

距離天心莅臨的時間不久，店外的騎樓兩側，劃了紅線的街道旁，對面的木棉樹下，已擠滿了人潮，穿迷彩服的軍中朋友、高中、高職、國中、國小的同學，四面八方慕名而來的紅男綠女，柱著拐杖的高齡阿婆、尚未就學的孩童們竟也穿梭人群中；電視臺、各大報社的攝影記者，駐金特派員也相繼地在場等候。他們將獵取最美的鏡頭，以生花妙筆的特稿，向讀者們做最詳細的報導。當木棉樹下的鞭炮聲響起，天心以輕盈的腳步，踏上新市里的土地，一襲黑色的禮服，端莊婉約的儀態、高尙的氣質，新市里不是星光閃爍，而是一地燦爛的金光，人群中的掌聲、歡呼聲，已蓋過將燃盡的鞭炮聲，觀眾也由外圍向內圈擁擠，身高體壯的安全人員，張開有力的手臂，依然擋不住熱情有勁，前擠後推，想親眼目睹天心芳澤的觀眾。從下車的木棉樹下，到簽名會場，幾步路的行程，卻彷若悠悠人生路，走了好久才抵達。隨即又被媒體記者所包圍，電視記者的現場訪問、攝影記者猛按快門，勇士公司的林小姐站在椅上，麥克風的音量蓋不過觀眾的鼓噪聲，說了好幾遍簽名會馬上開始，請遵守秩序，然而現場一片紛亂，幾乎把簽名桌也推翻。從黃海路與復興路的交叉口，一直延伸到左側的木棉道上，百頭鑽動的人潮，彷彿是六十年代星期假日，電影院散場時的情景重現。在駐軍減少，人口外流的此時，的確是一個難見的場面。然而，她只能帶來熱絡的街景，並不能帶動商業生機。當簽名會結束，星光不再閃爍，新市街頭又將恢復往日的寧靜與蕭條。

在人潮不斷的擁擠下，爲了天心的安全，簽名暫時停止，天心也由另一位隨行女士的陪同，暫時在不能營業的店中休息，小女兒卻趁機與她交談，拿出海報請她簽名。從她平易近人的言談舉止，讓我們嗅不出一點大明星的架子味，她的成功相信不是只憑藉著三十二F的大胸圍，而是脫俗的內涵和氣質，清新的形象和甜美的歌喉所組成。

經過研商，決定把簽名會移到新市廣場臨時搭建的舞臺，寒風雖刺骨，相信熱情的觀眾能溫暖著天心的心，林小姐又高高地站在椅子上宣佈，觀眾則睜大眼睛，疑惑地望著在店中盤桓的天心，期望她走出來，好讓他們看個仔細，如能輕握她那纖纖玉手，就好比幸運之神的到來；如能獲得她深情地一笑，被擠彎了腰也甘心。然而，眼見前門已被人潮所阻，必須經由後門始能脫困，我引導她們在店後一間別緻的小房間停下，這兒供奉「司令灶君」，油煙味取代她身上散發的高級化妝品味，背靠著「年年有魚」的冰箱，坐在冷冷的板凳上，輕嚐我爲她們沖泡的熱茶，享受片刻沒有噪音和掌聲的寧靜。這方窄小的空間，雖髒又亂，卻是我接待友人的地方，許多朋友都曾經在這兒喝水聊天過；名作家陳映真也曾經是這兒的座上賓，今天多了一位紅星，是否能讓這方沾滿油污的壁上生輝，讓星光在這暗淡的房間閃爍。

禮貌地交談後，她並不因店外仰慕她而來的人潮而自滿，仍然誠懇地、關心地問起寫真集在地區的銷售狀況，我不善於欺人，亦不刻意地隱瞞，坦誠地告訴她，金門地方小，看熱鬧的比買書的人多，她含笑地點點頭，並無不悅的表情，與其他時閃時滅、善變的小星星，是有一段很長的差距。人的缺點，是喜歡聆聽美麗的謊言，接受虛偽的奉承和掌聲，短暫的交談，筆尖雖不能深入她的內心世界，但她的臉龐卻始終浮現出一份純真，而不是濃妝下的虛偽；滿懷的自信，不是空有的僥倖。

工作人員搬離了桌椅，人潮也開始移往廣場，政客的政見發表會、野臺戲的鑼聲、年節的醒獅舞龍，遠不及一位青年朋友喜愛的明星簽名會。如果不商請警方來維持秩序，這個臨時搭建的棚子，也會被熱情的觀眾擠垮。而實際上帶著寫真集上臺簽名者並不多，圍著舞臺想看天心三眼五眼、十眼百眼的卻是難以估計，他們已沐浴在明星輻射的光環裡而不能自拔，或許還要目送她向新市里道聲再見，始願意走離。

此時，新市廣場寒風颼颼，冬陽始終躲在雲層堆裡不願露臉，木棉的枯葉落了一地，微黃的則在枝椏上飄盪，時光即將回到時序的原點。天心已起身，帶走的不是新市天空裡的雲彩，額上滴落的也非古井裡的冷泉。她的一襲薄衣，竟能溫暖著上百成千的遊子心靈。當新市里的星光不再閃爍，蕭條的街景讓人心寒，何日能遠離低迷的氣息，重燃生機，並不能只靠天邊的一顆星，地上的一片雲，該去追尋雲層堆裡的陽光，才能倍加光明………。

白翎插播：

「年輕不留白」是勵志嘉言。但是不能為了不留白而飢不擇食地、隨意地填充式的不留白。年輕人價值觀的表面膚淺化，導致實體內涵的貧瘠，是一個很可怕的趨勢。

原始本錢的不留白無可厚非，但不值得鼓勵、更不該沾沾自喜。

某大老讚美某政治巨星「命好、官運好、祖廕好」的「三好」話語，曾為官場流傳的天大笑話。命好是因為含著金湯匙出生，但人嫌不知民間疾苦；官運好是因為無為而治、官運亨通，但究竟是藏拙、還是無能，任人解讀；祖廕好是因為有個名留青史的祖父，這到底是那門子的最新式讚美？因為該巨星身繫二千多萬人的生死榮枯，更衷心祈禱老天爺能收回那兩句，流傳世間的巫婆式咒語——「一代不如一代」和「富不過三代」；否則新巫婆的咒語——「身為臺灣人的悲哀」勢將成為最新式流行，並取代「阿彌陀佛」和「阿門」的票房。

「好東西要和好朋友分享」和「不要暴殄天物」都是很動聽的廣告詞。如果其中牽涉到價值觀念，明星們就不能無限制地膨脹自己的影響力，尤其是對尚未定型的青少年，任何人都沒有權利：污染他們脆弱的心靈，誤導他們的價值取向，摧毀他們尚屬芻形的幼苗。

不妨捫心沉思：就「只要我喜歡，有什麼不可以」幾個簡單的字彙，竟讓：教育界的默默耕耘付諸流水、司法界的防範未然功敗垂成、治安界的人民褓姆疲於奔命！當然，這樣說或許有「欲加之罪」的嫌疑；但是，可敬的偶像們，難道你們沒有「我不殺伯仁」的省思。

不可不慎！不可不思呀！希望這不是苛責，但期待嚴於自律！

鳳凰于飛上枝頭

父女情深
　永在回憶中浮動
依依不捨的離情將
　化成萬千的祝福
願妳們在愛的路途上
能像鳥兒輕盈般地
飛上燦爛幸福的枝頭……………

迎著大肚山溫煦的和風，頂著金光閃爍的豔麗嬌陽。東海大學朱紅的圍籬，墨綠的林木，已逐漸地從後視鏡上消失……。

今天是妳邁向人生另一個驛站的開始，同來參加妳婚禮的，不僅是妳雪霜雙鬢的父母，還有八十高齡的老祖母。一個小時的航程，她沒有絲毫倦容，慈祥的容顏，佈滿著祝福的笑靨，額上深深的溝渠，是句句叮嚀和期許。在她心中，兒與孫同在一個平衡點，沒有差別的待遇，沒有老幼之分，愛的光和熱，如同體內循環著的血液，永如溪流般地奔馳。

路過多少街巷，見過多少高樓大廈；寬廣的道路不見青翠的花木，只有紅男綠女穿梭其中。櫥窗裡迷人的樣品，門外誘人的色情廣告，是構成繁華都市的先決條件。歷史上記載的文化古都，高官口中的書香社會、心靈改革，已敵不過刀槍橫行的黑道、金錢與色情的誘惑，而誰是推動這個黑金、色情、暴力社會的魔手，那便是政客；他們打著為民服務的旗幟，以合法掩護非法，為己謀利：養小鬼、包二奶、收回扣、欺良民。西裝、領帶、油頭、紅臉之後，隨即浮現出一幅虛偽醜惡的面目：袋裡的魔手、嘴裡的獠牙，都將俟機現身，讓人間的淨土變成污泥，讓東昇的太陽化成末日。

我們緩緩地步上法院的斜坡，輕盈的腳步，怡悅的心境，異於其他來此的被告或原告。右邊扶疏的草木，牆角下含苞的紅玫瑰，枝葉茂盛的扶桑花，把這方小而肅靜的園地，妝扮成一幅自然幽雅的美景。

北部的親友已先行來到，公證處也擠滿了觀禮的人潮，雖然妳是長女，依世俗必須把妳的婚禮辦得風光、隆重，但身處在這個分秒必爭的工業社會，怎能因妳的婚禮而勞師動眾，因而自始至終，父母都是以低調來面對，不敢冀望親友來參加；而今齊聚一堂的有妳的祖母、外婆、伯叔、姆嬸、姑母、姑丈、舅舅、姨母、姨丈、以及妳的四位妹妹，還有妳的同學和朋友，在同時參加這一波公證結婚的新人中，連同男方親友，我們已坐滿了禮堂右側的座位。在公證人尚未抵達前，在這喜氣洋洋的廳堂中，舅舅爲妳錄影，姨丈爲妳拍照，他們會把妳此生最美麗的時刻，記錄在生命的扉頁裡。淡淡的粉妝、高雅大方的婚紗禮服，端莊婉約的儀容姿態，父母雖然沒有賜予妳一幅美人胎，但端正的五官，善良的心，遠勝過粉飾的假面。倘若父母與親友不以誠相待，他們焉能只憑著一通簡短的電話，而放棄自身的工作，遠道而來。臉上的笑靨是祝福的象徵，恭喜之聲來自肺腑，我們將同時接受這份喜悅，默記在心頭。

雖然，將陪妳同踏紅毯，面對紅燭的並非是一位人人羨讚的金龜婿，也不是一位夫子般的聖人和理財高手，人與人的相處，夫與妻的結合，用佛家的「緣」字來詮釋，或許較爲妥當。他生在南臺灣，妳長在金門島，讓我們更信服歌德的名言：「愛情是可遇而不可求的」。大師的先見之明，隱隱約約地浮現出「緣」字的輪廓，他是否受到東方道學的影響，還是東西哲理本是一體，端看各家的解說和認定。

人，雖是萬物之靈，然非完人；性情、嗜好，因人而異，優點常加粉飾，缺點不易顯現。如果沒有坦誠地溝通，善意地回應，當愛因日久而不再新鮮，當甜言蜜意因生活的牽絆由濃轉淡，在冷戰中求生存將不能恆久，在彼此猜忌中，生活更無意義。妳們從相識到相愛，雖不是一段很長的時間，然而，卻是從愛的風雨中走過來，忍受著滿地的泥濘和雪霜。這雖是人生中的一小段，如果沒有愛爲根基，不能踏穩腳步前行，一旦失足，必是滿身傷痕。

妳曾經說過，妳們的感情沒問題，而是「錢」有問題。「錢」字談來雖然有點庸俗，但卻是生活上的必須。沒有「錢」便傻了眼，日常的生活，胸懷的大志都必須仰賴用勞力、用智慧換取而來的金錢來解決，始能克服人生必經的各道關卡：從生死病痛、衣食住行，錢的魅力和重要性，已是生存中，不可缺少的極品。追求錢財亦是人的本性，從男到女，從幼到老，無不見錢眼開：有些因錢反目成仇，有些因錢惹來殺身之禍，有些因錢身敗名裂，有些因錢進了監牢；當然，亦有窮畢生之志的慈善人士，用錢來扶弱濟貧，造橋修路，發揮人世間的慈悲大愛，啓發已遭泯滅的社會良知。我們也深知，正當的錢財獲得不易，累積更難，然而，錢是用來支配日常所需，正當用途，而不是做一名庸俗的守財奴。倘若不懂得運用金錢，而一味地做它的奴隸，金裝銀服、銀筷金碗，亦只不過是現實社會裡的一名蠢材，因而我敢肯定，憑妳倆對工作的熱愛和敬業的精神，每月的薪俸足夠日常生活所需而有餘。人要知足，尤其是凡人，不能有政治家的野心、大財主的霸氣。一個完美的家庭是靠雙方來營造，錢並不能讓人快樂，過多的錢財易使人墮落。孩子，我敢肯定，只要妳量入爲出，妥善運用，錢與感情，同樣沒有問題。如果不加思索，一意孤行，問題絕對一籮筐！

公證人已蒞臨這方滿佈紅花和喜氣的禮堂。朱紅的雙喜，幅射出燦爛的光輝，每道耀眼的光芒，彷彿都是無聲的祝福，愛的叮嚀。在七對參加公證結婚的新人中，妳高雅大方的氣質，雪白的婚紗禮服，已蓋過其他便裝的新娘，尤其在這莊嚴神聖的婚禮上，如果不手持鮮花，輕紗曳地，腦海裡怎能浮起一個難忘的記憶，當妳回頭想重披它，已是光環褪盡時。

司儀的聲音，句句動聽、聲聲悅耳，她的一個口令，妳們的一個動作，那不是不實際的海誓山盟、海枯石爛，而是面對著青天大老爺、面對著我們的法律規章，由它來保障妳們的婚姻，獲取合法的夫妻地位。當公證人把證書遞交到妳們手上，也是妳們新生活的開始。曾經在父母眼裡，妳是一隻需要呵護的小鳥，而就在這一霎那，卻能展翅高飛，飛到一個妳們共築的美麗窩巢，裡面有妳們的愛，由愛而衍生幸福，共同釀造一個溫馨美滿的家園。

親友的掌聲和歡笑聲，把妳們緊緊地圍繞在紅毯處，壁上的揚聲器響起輕鬆悅耳的小調，是否在提醒我們婚禮已結束了，該離去了，還有下一波新人等待入堂呢？

門外的廊道是盛開的紅玫瑰，微風吹落了它幾片花瓣，點綴在褐色的土壤上，也讓紅花綠葉與妳白色的婚紗相映輝，然而，我們必須走回它的源頭，不能留戀眼前的花草，讓美好的時光隨風而過。況且，在這條愛的道路上，妳們還有一段長遠的路要走，旅途雖遙，路也崎嶇，但有一雙推動愛情的手，將引導妳們前行；父母將釋下肩頭的重擔、爲妳未來的幸福祈禱。

冬陽高掛天際，風涼卻沒有寒意，沒有排場的喜宴，並非表示我們沒有誠意，雙方的至親好友，齊集在旱川西街的〔新天地〕，老祖母滿佈皺紋的臉龐，遠勝高官巨賈的喜幛，姑姨舅妗、伯叔姆嬸的親臨，勝過百萬的嫁妝，尤其與妳情同姐妹的同學——楊惠芳，專程由臺北來爲妳當「證人」。當妳沐浴在愛情中，相信亦能體會到親情和友情的可貴。

今天，依習俗，妳的大舅舅輩份最高，要像老太爺般地「坐大位」，然而，他猶如大管家似地張羅一切，從婚禮中的攝影錄影，到喜宴中的每道菜，他都費盡心思，力求完美，而充當媒婆的小姑姑，更發揮了能言善道、辯才無礙的天賦，無論在婚禮中，喜宴上，都能營造出輕鬆、親切、溫馨、歡樂的氣氛，讓這方小天地中，滿室生輝，沒有冷場。老祖母慈祥的笑靨，彷若春花綻放，她的關懷替代了古老的嚴肅，晚輩的意見，以尊重代替嘮叨。雖然我們沒有浮華的排場，但齊集的親友，是老人家唇角那抹滿足、安慰的笑容。

親友按席次就座，喜氣依然佈滿每個人的臉上。妳二妹率同研究所的同學，手抱吉他和歌譜，而在尚未爲妳獻唱祝福歌曲時，突然捧出二束鮮花，一束讓妳獻給生妳撫妳的母親，一束獻給協助父母幫妳拉拔長大的大姑姑：當妳們相擁而泣的那刻，全場響起熱烈的掌聲，淚珠也在我眼裡蠕動，是否父母的年老而讓妳們成長，還是感恩的心在妳們體內滋長？不管它基於什麼理由，我們不能否定這份源自傳統，出自誠心的事實：一束鮮花，代表萬千敬意。在妳的大喜之日，更有不凡的意義。妳懷著一份興奮的心步入禮堂，卻無忘慈恩的存在，誰不因此而動容！且讓喜悅的淚水注滿這小小的酒杯，乾了它吧，孩子——

爲妳有一個幸福美滿的歸宿而乾杯！

當妳妹妹的同學輕撥著吉他的琴弦，祝福的歌聲也同時繚繞在耳際，妹妹們齊聲合唱，唱出無所取代的姊妹深情，在家中雖然也吵吵鬧鬧過，一旦出外，一旦遠離家門，親情如海深，將永遠銘刻在妳們的內心裡。只因為妳們的血液和髮膚，來自相同的父母系，果若姊妹間情淡義薄，便是家教失敗。因而，妳們姐妹的感情是自然地流露，並非在親友面前故作姿態，真與實亦能凸顯出高貴華麗的生命，願妳們能珍惜這份情緣，直到永遠。

喜宴在歡樂、和諧、賓主盡歡的氣氛下進行，妳大姨丈突然站起，要我說幾句話。然而，除了感謝，再感謝，我能說什麼？如果內心有所感，那便是這易逝的時光。廿八年前，認識妳母親時，她剛由北商畢業，在那個年代，她可以順利地找到一個「代課老師」的職位，而後尋機再保送「特師科」就讀，取得正式教師的資格，但她沒有步入這個神聖高尚、為人師表的路途，而是進入妳外祖父參與籌設的《金城信用合作社》，從基本的練習生做起，每月薪給一千元。那時，我是軍中的一名聘員，貧窮的家境，讓我失學，最高學歷是初中一年級。妳外祖父曾經經營《金門客運公司》、《新成布莊》，以及許多社團的「委員」和「理事」；而妳的祖父卻是耕耘著幾畝旱田的老農夫。當然，這門親事是門不當戶不對，但我們還是用恆心、用毅力來克服每道阻礙我們邁向幸福人生的關卡。那年初冬，一輛四分之三的軍用吉普車，載著樂隊，尾隨著二部計程車，載著新郎和儐相，把妳母親迎到——一個沒有電燈、沒有自來水、沙礫土路、交通不便的小農村。我們踩著鞋跟下沉的沙地，到家廟、到昭靈宮、在前廳、在古厝，叩拜祖先。臨近中午，向軍方商借的大卡車則從西園、官澳、浯坑、田墩、沙美、東珩、東村、復國墩……載來我們的親友。古厝的大廳擺著四張八仙桌，院子裡是「管贊」的「菜鋪」，炸「雞卷」的油香，炕「方肉」的五香八角香，借來的大碗大盤堆放在菜鋪旁，厝邊頭尾來幫忙的嬸姆忙進忙出，培伯仔，培姆仔，培叔公，培嬸婆娶媳婦，請全「鄉里」大家緊來「坐桌」。老一輩的嬸婆姆婆勿忘把一塊揉皺的手帕，放在坐椅的空隙處，夾一塊肉、夾一塊魚、夾一塊禮餅，包回家給孫子們吃。

由於交通的不便，妳母親就住在金城娘家，以便就近上班。我與婚前一樣，住在太武山谷，潮濕陰沈的坑道裡；星期六，我們在山外車站相互等候，一齊回家。純樸寂靜的農村，古老的屋宇，豬欄裡見人雀躍的豬隻，牛欄裡辛勤耕耘的老黃牛，田裡的花生、豌豆、蕃薯、芋仔，菜園裡的菜頭、高麗菜，小罈裡的菜脯，大缸裡的蕃薯簽、蕃脯糊，蓋著破棉被，等待「生菇」，「發綠」的豆豉脯，而讓蟲兒遊移過的豆豉，再加點「土仁夫」，配些蔥、蒜。「豆仁夫煮豆豉」的美味，「豆豉無蟲世間無人」的俚語，我們都品嚐過、聽過。

阿公常會把較笨重的農事，留在星期假日，因爲假日多了幫手，妳母親也不例外，依然擔過種子和肥料，扛過犁，牽過牛，捲起褲管下田、播種、除草；苦難的歲月一路走來，且也因時光的流逝而迴轉。妳生在一個不一樣的年代，從成長、受教育，從住的環境，生活品質，都做了極大的轉變和改善；唯一遺憾的是妳以極微的分數，以及沒把志願填好而錯失了上大學的機會。而大學只不過多受四年學校教育，和多了一張文憑，以妳多年的歷練和自修，所學的是高等學府從未開過的課程——爲人處世之道。思想的成熟，讓妳分明是非，明辨真僞；自學與自修，讓妳的學養更專精、更踏實。那張不實際的文憑，豈能讓妳未卜先知永恆博學；妳的父親只有一張油印的初中肄業證明，他曾經面對著無數梅花和將星，他曾經在報上發表過數十萬字的文學作品，長官從未因他沒有高學歷而否定他的工作績效，主編從未因他沒有高學歷而否定他的作品。倘若他空有高學歷，而不用功不力求上進，是否能擠身在這個現實的社會？或許他要的永遠是一齣極易讓人拆穿的假把戲，沒有真材實料可言。高學歷亦非代表著高尚的人格，好高騖遠、虛僞浮華，更是人的致命傷；如果踏穩腳步，安分又知足，幸福永遠屬於妳們的。

此刻，我輕啜了一口由浯鄉帶來的高粱酒，依它出品的年份，這是一瓶陳年又陳年的美酒，然而，再香再醇的酒，依然苦口，是否真能先苦後甘，苦中有樂？這是一門高深莫測的學問，只有讀過人間書，上過社會大學，心靈肉體承受過苦難的人，始能理解。

在妳大喜之日，在這喜氣洋洋、歡樂滿堂的喜宴上，老爸熾熱的雙頰，脹紅的臉；今天，如果醉在女兒的喜宴上，絕不會讓人笑稱爲酒鬼，我也不願自封爲酒仙；人生難得幾回醉，我是否該站起，先敬八十歲的老母，再與親朋好友乾一杯……………。

椰奶冰淇淋已上桌，也是喜宴的尾聲，依情依理，今天我們參加的應是男方的歡宴，然而，願與人違；如果過於計較世俗事，心胸永遠不會開朗。雖然我們沒有一擲千金不皺眉的家境，但我們都明白，金錢不能換取幸福，更不能帶來滿堂的歡樂和喜氣。付出並不是失去，或許獲得的會更多。當然，那是不能用勢利的眼光來計算，用世俗的容器來斗量。孩子，只要妳幸福美滿，平安快樂，再大的付出和奉獻，父母豈能吝嗇，更無從計較起，這也是我們金門人厚實的一面，絕不是向現實低頭和遷就，相信妳會引以爲榮的。

親友陸續起身緩步，再美、再溫馨、再豐盛的筵席，終究要散場。新天地門口車水馬龍依舊，對面乾沽的河床是否就是「旱川」的由來，不必考證，毋須留戀。辦完妳的喜事，歸鄉的時辰就在明日太陽東昇時，異鄉將是妳永恆的居住地，也是妳爲人妻爲人媳的開始。父女情深，永在回憶中浮動。依依不捨的離情，將化成萬千的祝福，願妳們在愛的路途上，能像鳥兒般輕盈地，飛上燦爛幸福的枝頭………。

白翎插播：

年歲稍大，常常會感性淹沒理智；看透人間冷暖、歷經酸甜苦辣的洗禮，往往會讓人回頭想、多留一步餘地。感恩的心情是基本的反射，珍惜緣分更是誠於內而形於外。

恭喜陳長慶，掌上明珠的婚禮也使這本文集增添了滿溢的喜氣。

有人說：青年人憧憬未來，壯年人把握現在，老年人則活在回憶中。陳長慶的散文裡，充斥著對過去的緬懷；如果這種往日情懷是老年人的徵象，則未免來得太早些了；以「人生七十才開始」而言，剛過半百，不過是第二春的嬰兒期罷了，豈可如此「人未老，心先衰」，何況孩子們還要以你當標竿，構築未來的藍圖；你理當把第二春當作第一春規畫，和孩子們一起把握現在，迎接清晨的陽光，也才不愧你口中的「父女情深」啊！

清明

時代因進步而改變
人情因富裕而淡薄
傳統上的倫理道德
已約束不了新新人類
倘若對先人不敬
不以一顆虔誠感恩的心
　來緬懷他們
年年清明
怎能清清又明明……

時序的運轉，節令的更迭，仿若人生歲月裡的走馬燈，轉完一圈又一圈。

珠山燈節的鑼鼓聲，依稀還在耳際繚繞，二月初二剛拜過土地公，十七的齋日也拈了清香。今年的清明節，似乎來得特別早，年邁的老母親已準備了好幾晝夜，蒸「碰粿」、砌「七餅菜」，托人買香燭、金銀紙、墓紙，忙得團團轉。雖然明知供桌上的神主牌位，不會吃掉什麼，然母親除了年節必備的「大付」「三牲」外，親自烹飪的菜餚，用大盆大盤盛裝，擺滿八仙桌，地上堆放的金銀紙錢，與八仙桌齊高，雖是難以計算的千金百銀，卻也是以虔誠之心，來緬懷、來紀念曾經爲這個家族勞心勞力的列祖列宗。當紙錢燃成灰燼，是否我們的心願已了，當香爐裡的清煙，燭台上的紅燭，不再淚流和繚繞，先人是否能感應到我們膜拜時的禱詞？果若桌上的牌位真有神魂的存在，則請賜福予我八十二高齡的老母親，她始終以最虔誠的心，身體力行，任憑是窮途潦倒、被凍死在〔西溪仔口〕的「破燈火叔公」，以及房地被人侵佔、神主牌位則由我們供奉的「鮮叔公仔」。每到年節，她會單獨爲他們準備祭品，一碗碗擺滿「吊籃」，有時還必須找空隙重疊，才能容下十來碗的菜餚。如果以現實的眼光來看待往生者，破燈火叔公沒有留下一磚一瓦，所有的喪葬事宜均由父親料理；鮮叔公仔留下的「戶龍厝」，從我懂事來以來，均由「虎母快仔」居住，那時的戶政地籍均未建立完整的資料和權狀，虎母快仔亡故，則由她的堂侄堆放柴草和拴牛，理應由我們管理使用的戶龍厝，則變成虎母快仔的堂侄來繼承；鮮叔公仔的神主應該移到他們家供奉，找他們「吃」，然而，母親從未有如此的見識和怨言。公道自在人心，田園厝宅各人耶、各人好，神明就在我們的頭殼頂；而今，鮮叔公仔遺留下的戶龍，使用者並沒有加以維修，厝頂的大樑已遭白蟻啃食而折斷，瓦片磚頭、紅赤土散落一地，只留下一道石牆，以及外牆上用水泥雕刻的五個大字——

「蔣總統萬歲！」

在戒嚴時期，這是一句多麼華麗的標語。然而，不管是偉人或凡人，能活百歲已不易，何德何能，能萬歲、萬歲，萬萬歲！就仿若這古老的屋宇，總有倒塌的一天，曾經居住過的虎母快仔，亦有死亡的一日。人生又有什麼可計較的！倘若真能萬歲，最後終將化爲塵埃，回歸泥土。倘若侵佔了往生者的田園厝宅，是否會受到懲罰和報應，或許這些都是不實際又不易顯現的玩意，但我們總得遵循善惡分明的古訓：強佔先人的田園厝宅乃天地所不容，使用厝宅而不加以維修，任其倒塌荒廢，更是惡名昭彰。倘若有一天，諸事不順遂、身體欠安、雞犬又不寧，卜來的卦是「厝主來討吃」，屆時，他能心安嗎？儘管科學再昌明，社會再進步，冤有頭債有主，人、鬼、神，都不能否定這句話。

自從父親往生後，每逢清明祭完祖，我們會帶上香燭、紙錢、墓紙、水果，以及老人家生前最喜愛的高粱酒，來到這方人工刻意修飾的公墓。這裡沒有個人的風水，倒像是一個想來又不敢來的夜總會，左右兩側是青翠的林木，背後是軍營陣地，而面對的卻是浯鄉巨巖重疊的太武山峰，能長眠在這塊仙山聖地裡，是前世修來的福份，還是今世積了陰德？只是這方幽雅的小天地，已無容身之處，是否能在另一個山頭闢建新的棲身之所？還是要讓屍首暴露在這荒山野地裡，任風吹日曬、任那屍水泊泊地向東流。

我們把「紅錢」交叉成三，用石塊壓在父親的墓碑上，擦拭塋前的墓桌，插上了花，擺滿了酒杯，點上燭，下跪拈香，面對生我、育我的父親瓷像，清晰的音容、敦厚的臉龐，永遠不會從我腦中消失。插上香，爲老人家斟上一巡酒，就請慢嚐吧，阿爸。雖然酒是您生前的最愛，往生後是否依然如此呢？果真，爲您準備的酒或許早已喝完，您帶去的、以及年節忌日燒給您的金銀紙錢，是否能讓您痛快暢飲，還是得像五十年代貧窮的家境，要用賒欠來解癮？三千多個日子，十個春夏和秋冬，人間遙望著天堂，永恆的懷念，是不變的父子深情。老爸，我再爲您斟上一巡酒，沉香也只燃了一小節，時間還早，請慢嚐，不要急飲。雖然沒有爲您準備下酒的好菜，但您飲一口酒、吸一口煙，已習以爲常，這或許是所謂乾喝吧！而當您吞下一口口的烈酒，就啃幾口蘋果，潤潤喉吧！想當年，隨您在烈日下耕作，我們經常以生的紅心番薯來解渴、來充飢；當那清脆的聲音在齒間響起，甜甜的紅心番薯吞下肚，比起此刻您塋前的紅蘋果、香吉士、紫葡萄，有過之而無不及。然而，此刻卻不能用那廉價的番薯來祭拜您，誠然，它曾經是我們貧苦農家的主食，也始終沒有忘記是吃番薯長大的，滿身散發著番薯味，竟連臉龐也貼上番薯的標籤。而今，無憾是榮耀的象徵，只是當年與您同耕耘的番薯田已成草埔。何日父子能重墾，撖上番薯股，植下我們心中永遠青蒼翠綠的番薯苗，或許是來生，而不是現在。

塋前的沉香傾斜著，灰燼散落在供品上，爲您斟上三巡酒，再把金銀紙錢燒給您。八十加侖的大油桶，替代金爐，容納難以計數的紙錢灰燼，高溫的烘烤，風雨的腐蝕，已鏽了的表層，將隨著清明的逝去而剝離。而當年母親親手爲您穿上的長袍馬掛、布底鞋是否完好如初，靈身是否完美無恙？雖然父子近在咫尺，您卻在地裡長眠，獨留我在地上凝望！而何日始能望穿覆蓋您的層層泥土？是在明年的清明時分，還是未來的光陰裡？

紙錢的灰燼隨風飄起，金銀泊紙有火光閃爍，三巡過後，我不再爲您斟酒，您有獨飲的雅興，不必留我再相陪。當明年春花開滿園籬旁，草地青翠如絨毯，不管是烈日當空或細雨霏霏，爲您拈香斟酒、焚燒紙錢，是無怨無悔永不改變的心志。或許有一天，我亦將成爲這方地域的一分子，父子雖然不能相依相靠，但早晚晨昏我們將在這方幽靜的野地裡神遊。春天蒔花、秋天看落葉、冬天是品酒的季節。而您大厝裡貯存的陳年老酒，是否能讓我們冰冷的身軀，有一絲暖意，是能？或許不能？是不能，或許能。這總是虛擬的假設和幻想，終究要歸零、歸向虛無、歸向一個有生亦有死的現實世界：：：：。

從未謀面的阿嬤，在父親七歲時就已去世。或許父親的腦海裡，也沒有阿嬤的影像，何況我是父親所生。僅知道阿嬤是葬在〔牛車路〕左側的一個小山坡，塋前是一條天然的小溝渠，長滿著頑強的「苦螺根」，還有一株花開在五月的「刺仔花」。翠綠的刺仔花，帶刺的籐蔓，緊緊地貼地衍生，小小的白花，清香撲鼻，它陪著早逝的阿嬤，在這黃土覆蓋的塋上，歷經日侵匪亂的苦難歲月，然而，「歷經」並非「承受」。歲月只讓靈身化成白骨，一切的災難，父親歷經過，也承受過；只是沒有享受到解嚴後，安和樂利的富裕生活，又回歸到貧窮。倘若有一天，他們母子在天堂上相遇，是否能併發出一道母愛的光芒，還是形同陌路人？有關阿公阿嬤的種種，父親在世時，從未談起，我們亦未曾關懷詢問過，或許三歲喪父、七歲喪母由阿祖撫養長大的父親，腦海裡已沒有昔日的回憶和記憶。對自己父母的影像更是模糊，因而無從談起。唯一向我們誇耀的是他十三歲已能獨當一面，從事農耕工作：「犁田」、「擔粗」、「佈芋」、「撖番薯」、「種露稅」、「凸海肥」，與阿祖相依爲命，其他就未曾聽說過什麼了。

阿嬤的塋後是一片濃密的相思林，左右兩側也有稀疏的幾株朴樹和苦楝樹，塋上雜草叢生，如果沒有那株刺仔花做指標，想尋塋掃墓，有時還得費一番工夫。每年，我都是用鋤頭鋤掉塋上的雜草，再把周圍的沙土，一鋤鋤地覆蓋在塋上，讓它成一個橢圓形的墓體。然而，一經雨水的沖刷，年年都成爲野草繁衍的平地。

那年，時爲行政院長的郝柏村，一聲令下，要把這片天然的坡地僻成一處休閒的楓香林區，動用無數兵員，日夜幹工，砍掉五十年代爲防風防沙而植的木麻黃，依高低凹凸的地形，挖坑整地、剷除野草，除了留下少許的野生林木外，整個山區遍植楓樹。母親深恐阿嬤的墓地也受到波及，要我趕緊上山察看。那時尚未解嚴，防區司令官的命令就彷若皇帝的聖旨，在你老祖宗的墳上種樹，你又能怎樣？經常的，我們可見到阿兵哥挖壕溝、築碉堡，挖到的「皇金白骨」，照樣地讓它暴露在陽光下，身爲他們的後裔，你又能怎樣？我在阿嬤的塋前轉了一圈，二條槓、三朵花的官階，我看多了，不想央求他們，也不想與他們爭論和辯解，霸權是不可理喻的，講的是利害關係，不問青紅皂白。我回家稟告母親詳情，並用厚紙板寫下：「陳家祖塋，請保持完整」，放在那叢茂盛的刺仔花上面，如果人性尚未泯滅，總不致於挖人祖墳來植樹。

經過數十晝夜的趕工，除了移植數以千計的楓樹外，又築了歇腳亭，健康步道、拱橋，還剷平了以前的「囝仔墓」做爲停車場，立下一個叫《千楓園》的石碑。把這片原先雜亂陰沈的〔牛車路〕，提昇到一個清新幽雅的休閒處；多少遊客徜徉在這片青蒼翠綠的美景裡。春天滿山遍野的花香，原始林木裡的鳥鳴；夏天的蟬聲、蛙叫；秋天火紅的楓葉滿地飄，好一個美麗的千楓園，阿嬤能長眠在這裡，何嘗不是一種福份。然而，青山依舊，好景卻不常，隨著戰地政務的解除，它成爲一個沒有主子的棄嬰，軍方已不再協助維護和管理，民選的高官、委員和代表們，只修飾自己的門面，以及日日夜夜爲民「打拼」和「服務」，從未聽過他們爲這方幽美的林區指示和質詢過什麼，任其荒廢：鵝卵石舖成的健康步道已被兩旁的雜草包圍、拱橋的欄干已斷了好幾節、歇腳亭已成了陰沈的孤魂野鬼亭、設計精巧的垃圾桶腳已朝天、半人高的野草籐蔓讓尚未長成的楓樹難見天日、蟲絲纏著楓葉，除了新芽初萌的芯蕊，難見沒被蟲啃的葉片。美麗的楓香林區啊！妳爲什麼不憤怒，而在此築塋蟄居的先人，不管是壽終正寢、蒙主恩召、或英年早逝、駕鶴西歸，你們為什麼不抗議？為什麼不找那些擎舉著為民服務、為民打拼、騙取鄉親選票，把鄉親父老當成傻瓜和「大條」的官員和民代算總帳、把老毛那套把戲學來，把這些騙子敗類、假社會人士鬥垮、鬥臭，還給我們一個自然、幽美的林區。

撫養父親長大成人的阿祖，她是在一九四九年以九０高齡仙逝。那時，父親三十六歲，母親三十一歲，我三歲。因而，阿祖的音容在我腦海裡是一片空白。記憶裡也沒有她老人家的影像。從小到大，最親近的長輩就是父母雙親。阿祖葬在〈后江頂〉，也是我們的耕地旁，她的墓穴向東遙對著〈田埔城〉，也可看見〈泰仔東〉潔白的沙丘，以及〈溪仔墘〉的「紅赤土墩」。左邊的不遠處，是沙白水清的〈許白灣〉，一旦天氣晴朗，對岸層層的山巒和古厝，盡在我們的眼簾裡，而那與天共一色的湛藍海水，浪拍巨巖的陣陣濤聲，圍頭海域的漁舟帆影，水平線上冉冉上昇的豔陽。這塊絕佳的靈地，是精通風水地理、能擇日畫符的外公，為阿祖所選，母親一直引以為豪。然而，還是歷經不了時代的變遷，自從父親往生後，昔日的幾畝良田已成草埔，不才的我，「文」的欠缺才華、「武」的缺少力氣，既沒有覓得一官半職，也不能繼承父親農耕的衣缽：一年難得上山一次、小而窄的農路，早已不見行人的足跡；沙礫石塊、帶刺的籐蔓野草，緊纏著衣褲的「肖查某」、「翠莓刺」已橫生出長短不一的枝椏，擋住前行路，必須小心地把它撐高或壓低，始能越過。幾年工夫，這片曾經種過番薯、土豆、番仔豆、大小麥、露稅、符豆、番麥，牧放過牛、羊的良田農地，此時已面目全非，滿山遍野，不是待收成的農作物，而是野火燒不盡、春風吹又生的雜草。而草地上、也不見低頭啃食的牛羊，空空曠曠、冷冷清清，竟連鳥兒也不願在此棲息，獨讓鼠輩日夜橫行。如果與五十年代寸土必爭，田埂上的雜草也輪不到旁人來鋤割、來牧牛的情景相比，彷彿是隔著一世紀那麼地久遠；先人如果地下有知，是羨慕時代的進步、生活水準的提高、現代人的好命，還是恥於怒責子孫忘本，竟把這片古早賴以維生的良田荒廢成草埔。

褲管纏著「肖查某」，挽起衣袖的小手臂，有一道道含血的傷痕；逐年成長的野生林木，讓我們迷失了方向。阿祖的墓園因沙土的流失已往下傾斜、田埔城已被高大茂盛的防風林遮掩住視線、潔白的沙丘也將從我們的記憶中消失。海水湛藍、濤聲依舊，出海口的哨兵已不再查驗「拾蚵證」，駐軍已精減，留下幾座養蚊的碉堡，幾枚鏽蝕的地雷。在此地蟄居五十年的阿祖，再也聽不到「反攻、反攻，反攻大陸去」的雄壯歌聲、再也聽不到「三民主義萬歲」的呼口號。阿祖親眼目睹日本兵來了又走，也見過「青年軍」和「空衛」，更眼睜睜地讓國軍把門板、樓板、舖板搬去築「工事」，一落四櫸頭的古厝，除了留下右廂房，以及一間櫸頭做「灶腳」外，其他全由國軍佔用。失修的「戶龍厝」，「角仔」、「柱仔」、「石寮」，全被拆得精光，阿祖的目屎無處流，一滴一滴吞入肚。每當母親向我們敘說這段往事，她哽咽的語聲，直教我們也淒然淚下。而此時，國共不再對峙，砲聲不再隆隆，我們是否能見到統一的腳步，聆聽和平的鐘聲，還是要再歷經一次苦難？在天堂的阿爸、阿嬤、阿祖三代，同時歷經過心靈與肉體的雙重折磨，而我們是幸運的一代，還是沒有根的浮萍？來年的清明，將會分外明⋯⋯⋯⋯⋯。

春霧已籠罩整個山頭，我們把剩餘的「墓紙」，全部掛在阿祖的墓莊園：紅、白、黃、綠、藍，隨風輕飄。雖然它不能飄上天堂，也不能喚回遠走的歲月，不久，天堂上將有五代同堂相聚，而下一代是否能穿梭在這片荒廢的山區，尋找阿祖的墓地，爲阿祖拈把香、燒些紙錢，掛上五彩的墓紙，這或許是夢想、奢望！時代因進步而改變，人情因富裕而淡薄，傳統上的倫理道德，已約束不了新新人類；今天是清明，也是國定的「民族掃墓節」，而多少子孫趁著這個難得的假日，流連在電動玩具店、聲色場所中，寧願在街道中踢正步，也不願到先人的墓地走一回；這是一個令人痛心與失望的年代，一個前途無亮的悲慘世界。倘若對先人不敬，不以一顆虔誠感恩的心，來緬懷他們，年年清明，怎能清清又明明⋯⋯⋯⋯。

白翎插播：

愼終追遠是我中華民族一貫的至情聖德。今日，我們飲水思源，追懷先人；感恩圖報之餘，當思如何發揚祖德，光大門楣。

他日，我們也終將成為先人；總當預計為後來者謀，給他們一點精神的資產、點燃一座指引的燈塔。

如此，也才能心安理得地說一句：我不愧此生。

血脈相傳，在心神而不在物產。敬先祖以虔誠之心，延後世以精神德性。人生規畫之自主權，常起自於青壯年；我們或許可以規畫第二春，但不忘給孩子一個能夠充分發展的童稚幼年；至於年長之期，還是貴在自我開發。

我們這一代是少了些自主權，也晚了一些獨立的人生。我們必須承認，孩子們的確比我們幸運；我們也期望一代比一代更幸運。但是，幸運不足恃、不能保證下一代會比這一代更好。好壞要看終點而不在起點；輸在起跑點不是恥，蓋棺論定的結果，才算是最終的評價。

長官

在人生的競技場上
尚未較量，輸贏難定
爭千秋，何須急於一時
祝福你了，長官………

誰都知道：

「長官」是部屬對上司的尊稱。

「長官好」是下屬對上司的請安和致意。

而一位不善於奉迎拍馬、獨自在茫茫人海裡討生活的老年人，誰是他的長官？又該向哪一位長官請安和致意？當這句嘹亮悅耳的聲韻脫口而出，祗見來人是一位穿著不入時、裝扮不入流、頭髮有些橫躺貼膚，有些豎立微曲、紅潤的雙頰是有名的番薯品種——「紅仁種」，不是粉多的「砰陀番」，粗糙的雙手沾著黑色的油污，明眼人一瞧就能看穿他老哥是靠那一行「賺吃」的。不管上看下看、左看右看、前看後看，年齡足足小了好幾輪，怎麼會是老人家的長官？然而，不起眼的外表，並不能否定一個人的才華；雖然在官場上不得意，以薦任的高階，低就單位主官自封的組長。而那些瞎了眼的假文人，怎知廿幾年前，他那優美華麗的文學作品，已是《中央副刊》、《自由副刊》、《民眾副刊》、《新文藝月刊》的常客，《拾血蚶的少年》的出版，更奠定他深厚的文學根基。叫好又叫座的方塊，以簡潔的文字，銳利的筆鋒，來揭發人性的醜陋和虛偽、以細心和愛心，來啓發和歌頌人性的真、善、美。他要我們尋「根」，也教我們不忘「本」，也用這個通俗的筆名，寫下此生難以忘懷的篇章。

「組長」這個職稱，是老人家當年在軍中當聘員時的直屬長官，它是政治作戰部屬下的一個組，掌管民運、康樂、慰勞，慰問和福利；組長軍階是上校，二年任內表現良好，又跟對了長官，保證幹上師主任；表現不佳，又不是長官的親信和老部下，調個部屬軍官，一年後準備回家當大爺。或許軍中比社會還勢利、還現實，當然不能說是黑暗；倘若讓保防單位知道，那是要倒大霉的！因爲這是一個歌功頌德、奉迎拍馬的年代，喜歡聽的是美麗的謊言，喜歡看的是虛僞的假面，因而想在這個現實的社會討碗飯吃，哪還真不簡單哩！老人家膽敢喚這位朋友爲長官，並非沒有理由的，至少他不懼權勢、不怕打壓，敢爲真理而辯，與他一位面惡心善的「生山面」組長，有許多雷同之處，而這位組長終於遇到伯樂，升了將軍。

長官生長在一個小小的蚵村，我們可以從他那些自述式的散文裡，看到他童年的身影，打著赤腳，背著書包，提著鮮蚵，上學兼賣蚵的坎坷歲月和成長過程；長大後，追求幸福的執著，卻不幸屈服於一筆龐大的聘金，肇成終身的遺憾；也分隔成二道冰冷的情牆：一是西柏林，一是東柏林，今生今世是否能統一，成爲一個不再分裂的國度，還是要等待來生來世，再續情緣。

認識長官已有廿幾個秋冬，限於個人的工作環境，很少有長談闊論的機會。那時，他的文筆正處於鋒芒的巔峰；而我則在這片園地裡休耕，他一人主編二個版面，把言論與鄉情版編得有聲有色：言論上，正面的建言，負面的影響，都有條不紊地加以分析比較，讓讀者用心尺來衡量，而非模糊事實的焦點，讓讀者找不到方向；而僑居異地的浯鄉子民，思鄉的情愁，落葉歸根的心境，透過特約記者的實地採訪報導，傳達最新的鄉情鄉訊。然而，正當他想爲這份刊物貢獻一分心力，一紙命令把他調離衷心熱愛的編輯臺；幸好，這個單位的每一部門、每一項工作都難不了他。因而，我們肯定，想在這個佈滿陷阱的社會上求生存，除了本身的學養、能力外，更要有信心和鬥志，不能被外來的邪道所擊倒，要勇於與那些魔頭周旋，永不罷休！

不知從什麼時候開始，常在一起吹牛打屁的朋友們，也跟著老人家叫起了「

長官」，而且聲音特別宏亮；不管在馬路、在街上、在那片沒有綠葉、只有紅花的木棉道上，一聲聲的「長官」，一句句的「長官好」。大家心裡有數，他是非常非常的「賭爛」的，因為他沒官做，也做不了官，這些「夭壽郎」卻偏偏叫他「長官」。「賭爛」歸「賭爛」，除非他吃錯藥，總不致於對這些老朋友發毛發火吧！當然，朋友們也相信，以他的才華、學識、苦幹實幹的「空坎」精神，以及經過國家考試的資格，並非沒有當長官的機會，而「勇如憨牛」的他，絕不輕率地妥協和遷就那些酬庸式的職位，也絕不替人擦屁股、在爛攤裡混日子。追求的是跟隨著清廉、有擔當的主子，尋求的是一個有尊嚴、能展抱負的職位，長官不長官，倒是其次。奉迎拍馬，用銀兩換取的官位，人人誅之、世代蒙羞，他更是「賭爛」到極點。

調整職務後，長官徹底地封了筆，不再出賣「筆相」，也不懼怕考績年年乙等，更不希罕那筆獎金；公餘時，他發揮了農家子弟的勤奮，以智慧和勞力換取酬勞，除了侍奉父母、貼補家用，供應弟妹的學雜費，還累積了一筆為數可觀的金錢，而不知是「財神」附身，還是行了「狗屎運」，在股票低迷的那段時間，他買進「臺塑」、「仁寶」、「華碩」、「臺積電」、「宏碁」、「錸德」……等公司的股票，準備做長期的投資，而不是短期的投機；股票一到手，卻大漲小漲漲不停，長官開回家的，已不是「麵魯」，而是「戰車」。當除權配股，「股子」、「股孫」將相繼地誕生，足可讓長官的戰車上，裝上幾挺機槍和大砲，一砲打死滿口謊言的政治家、二砲轟斃貪官污吏、三砲該如何瞄準，長官心知肚明……。

長官「駛」的是一部歷史悠久的「嘉年華」車，卻買了「麵魯」送給懸壺濟世的醫師弟弟，雖然，老舊的嘉年華車與克難精神和他的身價極端地不配，但所謂身價是與身份有所差異的，它必須有豐富的內涵、真實的本事，而身份只有華麗的外表，以它來稱讚社會人士較妥當。長官不是人人「敬仰」的社會人士，那有「身份」可言。他的身價有多少，外人難以估算，至少他是臺塑，仁寶、臺積電、宏碁、華碩、錸德、……等大公司的「股東」，君不認爲持一股也是股東嗎？何況長官曾經要用股票貼滿老人家的半面牆，到底持有多少張，價值多少，長官是老實人，不是「澎風水雞」，說出來一定「驚死」臉上貼金的貪官污吏和社會人士。諸君若不信，就去問問「進財哥仔」。然而，再怎麼進財，再怎麼發財，總沒有長官的「狗屎運」，來的是時候，身爲他的朋友，也高興莫名，而何時要請這些兄弟喝杯燒酒，沾點「狗屎運」，把苦酒化成甘泉，喝它個醉茫茫、醉茫茫…………。

人怕出名，豬怕肥。當然，長官並不是什麼名人，但文藝圈的朋友，不認識他的人很少；老人家與他更是無所不談，深知他潔身自愛的情操、嫉惡如仇的本性、樂善好施的爲人、孝順父母、友愛兄弟的道理，都能在日常生活與言談中顯現。這雖然是做人的基本原則，卻難有幾人能身體力行、言行一致。老人家揭露了他的隱私，不得不禮讚他美好的一面，這在新聞專業名詞裡叫「平衡」報導，然而，長官最「賭爛」的就是人家寫他、談他，而在瑩前徘徊的老人家，已江郎才盡、再也寫不出《失去的春天》或《再見海南島》，那麼纏綿的故事。彼此相識也非一春一秋，而僅能記下這短短的三言兩語，它雖不能代表長官此生中最美好的一面，卻能激發他的「痛」與「不快」，在有限的人生歲月裡，敢請長官海涵和寬恕；只因相識滿天下，知音沒幾人！少掉老人家這位朋友，相約到「強強滾」的機會將渺茫。更無人能敘述山外溪畔，推到鐵欄杆的故事，「不說再見」卻偶而地再相見；在木棉道上、在那街深的復興路上，雖然是默默無語地相對，輕輕地擦身而過，而那含情脈脈的眼神，那永不褪色的深情，怎能閃過老人家的老花眼。念念不忘是美麗的回憶，款款深情是永恆的記憶，過去並不代表失去；長官，請稍安勿躁，且傾聽一首你最喜愛的歌曲——

《素蘭小姐要出嫁》

當那幽揚的歌聲如潺潺流水，流進心田，你的眼是微閉，或是睜開；你的心是靜止，還是劇烈地跳動。倘若三月的春花不開，秋天的落葉不再，失去了記憶，沒有了回憶，佇立在坎坷的人生道路上，是否有緣見到西天的雲彩………。

老長官是面惡心善的「生山面」；新長官是傲骨嶙峋的「白頭翁」。誠然，老長官肩上有星光閃爍，新長官卻是才高八斗；同樣是「組長」，卻有不同的身份、身價和際遇；老長官以「是」、「是」、「是」，跟對了長官，新長官卻是未遇伯樂的千里馬。在人生的競技場上，尚未較量，輸贏難定，爭千秋，何須急於一時：祝福你了，親愛的長官，老人家不是肉麻當有趣，而是最虔誠的敬意：……………。

白翎插播：

我也稱呼他「長官」。但是，看不到喜悅的笑容和關懷的眼神。我懷疑陳長慶的潛意識裡，有掌鏡、喊「開麥拉」的深切慾望。

長官是把前浪推進沙灘上的學弟。勤奮是給我的第一個印象。陳長慶筆下的文人骨氣，在有些人慨嘆「文人相輕」的今天，可算是一個異數。說到「文人相輕」，那是「格」的問題；文人而無格，猶如掌大權而無德性，同樣會遺禍萬世。

有骨氣而能一帆風順，那得靠氣運，難得啊！所以，「英雄氣短」的史劇，才會不斷地倒帶播出，也就見怪不怪啦！

報告長官！您以為？

文章千古事，得失寸心知。既然走上文學這條不歸路，就必須有這分堅持與把握；世事變幻無常，有所變，有所不變，全在一念之間。為自己、也為後世兒孫，把握著一個「格」，不正是價值之所在？不如意只不過是人生大道上的微塵，上天未曾辜負過勤奮的子民；如果不如意該十之八九，如意事何止一二，該滿足啦！

阿彌陀佛！（您的《我心有佛》幾時問世？）

木棉樹下的沉思

倘若時光能迴轉
寧願回到五十年代的歲月裡
生活雖清苦　卻踏實
沒有華麗的衣衫　卻樸素
資訊　文化的貧乏　卻沒有
　不良的歪風陋習
　氾濫的春光色情

門外木棉的枝椏又萌起綠色的新芽，嫣紅的花朵也隨著季節的轉換而凋謝。樹上與地下，是兩種截然不同的景象。花兒從含苞、綻放到落地，彷彿只有那短短的幾個星辰。今兒綠色的新芽已萌起，將加速樹上花朵的凋零。花開花落，只不過是現實人生中的一點塵埃，不必驚嘆，毋須惋惜……。

許久未曾在這方有樹無蔭、枝椏交叉相連的木棉道上躑躅和漫步；自身彷彿是一頭用木杙釘在草地上的老牛，除了拉斷繩索，想拔除木杙談何容易？然而，如此的生活過久了，習慣成了自然，自然成了麻木，日復一日，黑夜又黎明，哪還有什麼遠大的理想和抱負！竟連周詳的近程計劃也沒有。時光已走遠，鬢邊雪又霜，橫寫的川字是條深深的溝渠；汗水與血液相溶，溢滿乾澀無光的面頰、鼓起的眼袋、老人的斑紋，搖動的舊牙老齒終竟無緣再相磨。無情的歲月讓我們蒼老；春光將在塋前乍現，秋雨使屍骨腐蝕。人生的起伏，歲月的無情，是此生中最難以忍受的悲痛。當日薄西山、夜幕籠罩住這片失去光明的大地，凡間諸事將成空。倘若你有不捨，就點燃那盞搖幌不定的心燈，照亮你前行的路途；如果遠方是一座險峻的高山，崎嶇的山路，寸步難行；雙旁的棘荊纏身，耳邊有孤魂野鬼的哀嚎，該挺身前進，小心攀爬，開拓出一條邁向高峰的路途。倘若中途歇腳，失去信心，待何日始能抵達美麗的新世界。

如果日有所思，夜有所夢；我的夢境將是一個陰沉荒涼的野地。人的言行是尾隨著成熟的思想前進，亮麗的外表將隨著失去的時光褪色。姑且不論春風來不來到這個島嶼，春雨是否下在這片田疇，純淨的土地已是污泥一片；政治家的謊言與空頭支票齊飛，燕窩鶯巢處處可見，不一樣的時代產生不一樣的人物；麻將的碰撞聲、低俗的酒令聲，神女與恩客的打情罵俏聲，是否聲聲入耳，還是令人厭惡？

過多的思想，是腦力透支的原委。開朗的心胸，始能心平氣和；過分的關心這片鄉土，對它的要求也相對提高。然而，我們擁有的只是一片赤子之心，呼籲再三，能起多少作用？亦無能爲力從事改革，眼見社會的敗壞、人性的泯滅，可恥的是鄉親被鄉親所騙，朋友被朋友出賣；善良的父老、忠厚的友朋，往肚裡吞的苦水，勝過展現的歡顏。我們從苦難的歲月一路走來，心身的傷痕尚未痊癒，另一次災難將重現；它不是有形的砲火煙硝，而是無形毒素正在發酵；它將逐步腐蝕我們的思想、呑噬善良純潔的心靈、腐化得來不易的生活品質。

走吧，上舞廳，當舞棍；你揉我抱、搖晃著屁股，高挺的雙乳緊貼胸。半夜三更，正是人靜時，美麗的夜啊，柔和誘人的燈光，舞伴的低聲細語、耳邊的悄悄話、激情的舞留待後頭，好戲已開鑼，家庭革命尚未成功，舞棍們請繼續努力，以求貫徹。

走吧，到酒店，當孝子；一副紳士樣，酒女的低胸薄衫、短裙嬌聲，銀兩已取代她的羞恥；大爺剛賣掉祖宗的幾畝田，不談學識，不講倫理，幾聲冷笑，把鈔票與五爪塞進酒女的胸罩裡，女的半推半就，口中的嘍啦嘍啦，卻燃起男的慾火，阮嘸啥米，就是有錢！乎爽啦，乎爽啦！帥哥、董也，嘍急啦，嘍空心啦。她能禁得起塞進裙裡那把鈔票的誘惑，還是有聖母瑪莉亞的貞潔？當錢財散盡，她的冷嘲熱諷替代了甜言蜜語；孝錯了對象、喚錯了娘。這是無知淺見，還是那些口沫橫飛、喪心病狂的政客，首開先例，引進來的吸血鬼？她吮乾的何止是鄉親的血液，多少幸福的家庭因而妻離子散、多少齣家庭悲劇正在上映？淚水是一串斷線的珍珠，政客用它鋪成連任的道路，右手包娼、左手攬工程；搜刮民脂民膏，高喊著：親愛的鄉親父老，請您把神聖的一票投給敢說、敢做、不要錢、不要臉的×號，金門才有遠大的前程，無窮的希望！

走吧，打麻將；麻將是我們的國粹，經常動動腦才不會老人癡呆症。「代表」家裡三缺一；「夫人」那邊一缺三。麻將是方的，東南西北輪流轉，哪有包輸的。男女同桌，女糊男碰，誰說是男性的專利。一千底的衛生麻將已司空見慣，打通宵猶如家常便飯；戰地政務已解除，咱又是民意基礎雄厚的代表，誰又能把我怎樣？何況老娘是包贏不輸的；桌上輸的，桌下總可撈回來。老娘有雄厚民意基礎，亦有雄厚的本錢！不信，請接招，服了，請給錢；老娘從不詐，憑的是真本事、真功夫！講的是欺「善」怕「惡」的江湖義氣！而可憐的牌友們，有些是月入三、五萬的小公務員，有些是自稱的官太太，有些是入不敷出的小商人、頭家娘，一個晚上下來，已不是百兒八十的消遣，而是萬兒八千的豪賭。東南西北，方方想當贏家，熬夜無眠、心身疲憊，明日是否能提起精神「爲民服務」，還是它只是一句美麗的謊言、欺人的口號；而「頭家」、「頭家娘」在國軍實施精實案的此時，商業的衰退、蕭條的街景，混碗飯吃也難的現在，竟有閒情意緻，消耗在這方賭城裡；明日的貨款、會款、稅款、該繳的利息、孩子的學費、家庭的生活費，都在今夜悄悄離去。然而，這句美妙的辭彙，卻是不幸的開始：倒會、跳票相繼地發生，高築的債臺、生活的困頓、信用的喪失，所受的折磨，是否比老人癡呆還難以承受？這神聖莊嚴的國粹，這冠冕堂皇的「衛生麻將」，已淪落成敗家的賭具、政客歛財的工具。一個平平凡凡的市井小民能「碰」嗎？或許碰到的是瘟神、賭鬼；能「胡」嗎？或許是糊里糊塗地不知怎麼輸的。人有與生俱來的「貪」性，與政客的謊言有異曲同工之妙。在牌桌上不想贏錢的有幾人；

在政治舞臺上不說謊言的政客有幾位？要認清牌友的險詐、政客的嘴臉，想維持一個幸福美滿的家庭，少「碰」爲妙；想不被政客耍得團團轉，且就讓他「胡」不了！

走吧，還有什麼地方可去的呢？當然有。人的羞恥心如果遭到腐敗社會的矇蔽；追求感官的享受，進口的野花處處聞、含毒的花香處處飄，當你被刺得遍體鱗傷、心肺吸進了毒素而失去功能。病變是顆無形的炸彈，一爆不可收拾。往往，小人的讒言是聖旨，忠言常被譏爲真道學、假聖人。「先爽再講」是一帖爲自己設計的摧情劑，不必診斷，也毋須處方，「過癮卡好吃補！」經常在我們的耳際迴旋，我們發覺，「補」吃多了，有時也過不了「癮」，只是以低俗的言辭來掩飾殘缺不全的心靈、不要臉的心態。然而，何止如此，開口「操」，閉口「操」，連自己的祖宗八代也不放過；滿腹牢騷、一肚歪論，自以爲是才高八斗的狀元郎，多金多銀的社會人士，想不到一拆穿，卻是一個人人欲誅之的草莽。這是現存的通病、毒瘤，何時何日始能把它剷除和栓塞，還給我們一泓清澈的湖水、一片無灰的淨土，以及一顆未經污染的鄉土心……。

初萌的新芽，尚不到綠葉蔽天時，稀疏的紅花、雜亂的枝椏，春天已走過新市橋頭，徒留我原地踏步。我將閉目沉思，勿教我睜眼瞎看，寂寞的紅磚道是我暫時的歇腳處，而不是歸途。美麗的人生離我們愈來愈遠，虛僞不實的社會教我們憂心，先人深踩的腳印，是榜樣，不是鴻溝。有幸目睹社會的繁華和進步，卻也看到它的頹廢和腐化。人生果真是如此交錯而成的，還是我們已失去鬥志和希望？木棉樹下的沉思，紅磚道上的冥想：疑問如同解不開的謎題。先人賜予我們的智慧，敵不過新新人類的思維，我們感嘆世風的日下，也悲傷教育的失敗。倘若時光能迴轉，寧願回到五十年代的歲月裡，生活雖清苦卻踏實；沒有華麗的衣衫卻樸素，資訊與文化的貧乏，卻沒有不良的歪風陋習、氾濫的春光色情；父賢子孝、詩禮傳家；我們擁有的是古中國的傳統美德。然而，此刻所思，卻是不實際的虛幻，再也喚不回走遠的時光，失去的歲月…………。

白翎插播：

人生百態，見怪不怪，作怪必敗。

在這兒，彷彿又看見了年輕的陳長慶。路見不平，雖不至於拔刀相向，卻是忍不住踢了幾腳。古人學而優則仕，陳長慶是行文而有餘力則勸世。雖打在棉絮上，總是一番心意，盛情可表。

綿綿春雨

人間沒有完人
社會何能完美
濕漉漉的青草地
留不住我的泥腳印
卻任我踽踽獨行
而何方是我的落腳處
誰又願扶我走完坎坷人生路
⋯⋯

如果雨與陽光讓我選擇，我較偏愛雨。

如果大雨與小雨何者較讓我傾心，我喜歡細雨的柔情。

或許，我的選擇過於牽強，一位上了年紀的白頭老翁，必須經過陽光的映照，始能讓他即將枯萎的生命，帶點盎然的綠意，而久落不停、滿地泥濘的春雨，是否能滋潤那片乾旱的心田，讓滿山遍野，開滿嫣紅的春花……。

遠方是白茫茫的霧氛，臉上滿佈微風和細雨。早臨的春分寒意未減，破傘難擋疾風，卻能撐住苦雨。倘若這霏霏的細雨沒有寒意，微風不再吹起水中的漣漪，季節不再變遷、時光不再走遠，我們將永恆地留下這片美麗的大地。然而歲月悠悠，往事只留在逐漸褪色的記憶裡，如果腦力猶存，失可復得，每一段絢爛綺麗的故事，將盈滿我心靈。而此刻，溪畔春雨綿綿、流水潺潺，流走我一生中最珍貴的青春年華，留下雪霜雙鬢、異樣的人生歲月。

溪中的水草浮萍，低垂的青青柳葉，滿佈苔蘚的水泥護堤；年輕時，曾經賞析過這方美麗的景緻，但那時年少，只是一眼帶過的瀏覽，假裝的浪漫，不懂得以賞美之心來面對，也欠缺一份認識自然、瞭解自然的悠閒之情，一味地追求虛名，似懂非懂、塗塗寫寫想在一夕之間寫出驚天動地萬古流芳的不朽篇章。終究，幼稚的虛幻要被成熟的思想淘汰，時光也在安逸中一去不復返。二十年的不思不想不寫，並沒有把我的文筆提昇到另一個境界，揮灑的依然是一些不入流的作品，更別想在這塊園地佔有一席之地。誠然，想多了對自身是一種無形的傷害；不想則以一個空洞肥大的頭殼愧對良心。如果這場春雨是因我而落，潺潺溪水便是我的血液，樹葉上的水珠，翠綠的草坪，是我遠大的前程？還是含淚的眠床？我不願敘述和思索。

濛濛的山巒飄著微雨，遠處的草木覆著白色的霧氛。春天的腳步已非第一次來到這個島嶼，春雨亦非首次降臨浯鄉的田野。節令快速地更迭，常教我們措手不及；剛從寒冬走來，卻逢綿綿的春雨季，濕透的鞋襪、沉重的腳步，已難登上崎嶇的山峰，只能在山腳下仰望。

微雨已淋濕了我的髮絲，水珠在我額上的溝渠滾動，頰上彷彿有雙垂的淚水落下，體溫難減頸上的冰涼。我在一棵茂盛的木麻黃樹下歇腳，倘若是爲了走更遠的路、爬更高的山，暫時的歇腳並不能讓失血的身軀復元。前進的路途將離我愈來愈遠，翻山越嶺是奢望，也是冥想。或許，只能在這春雨中的木麻黃樹下踏步、沉思；然而，腦細胞逐漸地被歲月吞噬，徒留一地的泥濘。

在久遠的歲月裡，曾經燦爛的春光，遮掩住陰霾的細雨。友情的馨香，展露我少年時期的歡顏；一年的中學教育所獲得的知識雖然有限，但有幸，我的名字卻在三十餘年後新編的同學錄裡出現，初中肄業是我此生最高的學歷，當今的民選縣長、國民黨的主委、以及從軍報國的將軍、得意於商場的富商巨賈、爲民服務的民意代表、作育英才的夫子們，好些都與我有一年同窗之誼。雖然有些高高在上，不正眼瞧人，但我何嘗不是以斜眼來看他們！有些仗勢欺人、口出狂言，我會四指緊握、獨伸中指，猛捧三下，高嚷：呸！呸！呸！當然，我吐出的是唾液，不是癆病鬼傳播病原的痰黃。

某年的某一天，我曾經舉起手，準備向一位棄官從商的同學打聲招呼，只見他腋下夾著一本厚厚的帳冊，傲氣十足的臉，扣著一付黑框眼鏡，仰頭看天，視我而不見，蒼穹裡燦爛的陽光，卻給我一副迷人的笑臉；我傻傻地不知所措，笑靨頓時從我臉上消失，我罵了一聲很少從我口中出爐的單一字，深知他代理一家名牌食品，賺了些錢，既了不得，又不得了。向老芋仔學來的那個「操」字，雖然不雅，但我卻「操」聲連連、連連「操」聲，自認爲修養不好、品德欠佳，因爲面對的是當初把我當同學，今天「發」了，不識人的「錢棍」、「財奴」，當我忍下這口氣的第二年，一陣經濟風暴把他掃得人仰馬翻，他厚著臉皮來求助，我的風度卻非常差，馬上拉下臉，回給他一個「操」字，只因爲我們是同學，雖然不同班，但總是同學嘛！他說的。

並非我往自己臉上貼金，當今在官場、商場、軍中一路「發」的同學不少，見了面總是握手寒暄，聊上幾句，誰也沒有擺出高官闊老的姿態，而讓我印象極爲深刻的卻是一位情同手足的拜把兄弟，除了同學的情誼，三十餘年來，我們守著一份彌足珍貴的手足深情，雖然我的經濟狀況不如他，但不管多麼地桎梏、多麼地艱困，絕不向人伸手、開口，維持一份清高脫俗純友誼；因而談不上誰照顧誰，誰又蒙受了誰的恩惠。突然，他老兄拜了戰地政務之賜，一夕間「發」了，搖身一變由「員」成「長」，我內心的興奮真是難以言喻：他不僅是我的同學，也是情同手足的好兄弟，他在官場「發」了，我當然高興，這是人心的自然反映，不是貪圖他來照顧我，更不想由他身上謀取自身的利益，這是一種可恥的行爲。然而，經過多次的接觸和言談，從他身寬體胖的身軀，當然「官」大了，應酬多，凸出的肚皮、油腔滑調、黃色笑話一簍筐；這也是現今社會真實又可愛的一面，肉麻當有趣是社會人士慣用的伎倆？窮途易潦倒，官大會變質。起初，對這幾句話心存疑惑，我一直信服友情是無可取代的君子之交，任你才高八斗、官大財粗，依然是同學和兄弟。然而，我的推測是美麗的錯誤，當他從我販賣書報的小攤位經過，他尋找的不是老同學，而是那些沒有生命的美女寫真集；展現的不是爲人楷模的官大人，而是人人欲誅之的「豬哥相」，「激愛」讓他的神情更歡怡，瞇眼望天是他最大的錯誤。有永恆的同學，有不變的手足深情，君可見！哪有不下臺的官大人，當他回歸到現實的社會，亦是他孤獨無依的時刻。向他請安和問好是諷刺而不是恭維，坦誠地面對，不變的手足深情、同學情誼方是我們此生該追求的，美麗的花朵、短暫的風華、仿若繚繞的雲煙，來得快，消逝得更快！

我一直念念不忘一位女同學，她是我們班長的小學同窗。長得清純秀麗又高眺。據說在小學時，他們很好；當然「好」並不能詮釋成「愛」，「愛」是長大成人以後的事；況且那時，男生理光頭，女生髮絲齊耳，個個都像小蘿蔔頭，「愛」從何處來？那年，班長以第一名的成績考上初中，傲人的成績獲得許多女同學的青睞，我也因此沾了光，認識了多位女同學。然我來自貧窮的農村，營養不良、發育也不全，個兒小，她們叫我小弟，我卻沒有勇氣喚她們大姐，因爲「歹勢」常教我「臉紅」。初一很快地結束，父親實在籌不出讓我繼續升學的費用，我無怨無悔地輟學，幫助農耕，同學的名字和影像，也深藏在我少年時的記憶裡。

時光很快地溜走，失去的光陰換取我們的成長，雖然同在這個島嶼，但各人擁有的是一片不一樣的天空，軍、政、工、商、士、農，都有我初中一年級的同學，但我始終不敢高攀，也恥於相認。他們都受過完整的教育，是現今社會的菁英，而我是大字初識的草莽，認我這個同學，有失身份和顏面，只因爲我是人生舞臺上，一個卑微的小角色，沒有利用價值，何來同學情誼。然而，我班長小學的女同學，也曾與我同窗一年的女同學，她始終把我當成同學，或許我多次重複的語詞要遭糾正，但我必須凸顯出這份與眾不同的同學情誼。自從離開學校後，我們就未曾碰面和連絡，聽說她高中畢業後，在知府裡任職，爾後嫁給了一位懸壺濟世的醫生，辭去公職定居在臺北。而聽到她的聲音，卻是十幾年後，從電話筒裡傳來，的確讓我訝異和驚奇，她報出自己的名姓，問我記不記得？我提高嗓門，不加思索地說：「當然記得。」那時，她已皆同先生回鄉執業，在金城民生路開了診所，知道老同學在新市街頭擺攤賣書報，隨即訂下《讀者文摘》、《時報周刊》、《國語日報》。雖然這三份刊物不能為我帶來龐大的財富，然老同學的心意，卻讓我感激和窩心。在終日為生活奔波勞累下，我的胃機能曾經亮起了紅燈，不得不求診於老同學的先生，而她為我倒了水，免收掛號費，告訴先生，我是她的同學。在他的細心專業、精湛醫術的診斷下，不適的胃部神速地復元。而過後不久，卻不幸聽到他的噩耗，無情的病魔奪走他寶貴的生命。浯鄉痛失英才，同學痛失夫君。在尚未擷取幸福的果實時，卻已天人永隔：一在天堂，一在人間。幸而，堅強的同學並沒有掉進痛苦的深淵裡，很快地擦乾淚水，把診所內堪用的醫療器材悉數捐贈給醫療單位，以合格的公務員證書，重新覓得一份工作，含辛茹苦、獨力撫養子女，而今女兒已師院畢業，爲人師表；兒子亦已受完高等教育。當她帶著女兒打從新市里走過，沒有仰著頭，刻意閃避，而是在我經營的小書攤前頓足停留，尋找老同學的蹤影，叫聲老同學的名字，告訴女兒：阿叔是媽媽的同學。我一直敬佩這位不以勢利眼光看世界的老同學。年少時的清純，並沒有隨著歲月改變，反而化成一道真誠藹然的光芒，照亮現實社會的黑暗面。

在短暫的人生歲月，我只讀過一年初中，卻擁有許許多多的同學。我忍受過無情的奚落，也獲得溫馨的情誼；我見過惜情講義的老同學，也親眼目睹因升官發財而扭曲變形的嘴臉。我是冷眼看人生呢？還是心中有愛亦有恨。爲何在這綿綿春雨下，不靜靜地沉思而牢騷滿腹？人間沒有完人，社會何能完美？濕淥淥的青草地，留不住我的泥腳印，卻任我踽踽獨行，而何方是我的落腳處？誰又願扶我走完坎坷人生路，是綿綿春雨，還是——

無情的歲月…………。

白翎插播：

總以為陳長慶對政治另有定見。或許是一種「政治潔癖」吧！若以他對同學情、友情的懷念與重視，肯定是性情中人。想勸他少一點激憤、多一分包容；無奈自己偶而也是義憤中人。眼見政客們一再使詐，善良的選民總希祈著：這次不會再受騙了。如此惡性與憨性的循環裡，人性被支解、被嚴重屈辱著；有血性的漢子，誰還能壓抑？誰還能坐視？不能壓抑、不能坐視，又徒奈何？奈何啊，奈何！

總算陳長慶還是看到了另一面——小人物的真情世界。先感嘆世道無常，再讚嘆世間有真情、人間有溫暖；你不難發現，其中還是包含著幾許無奈。

為真情喝采！管他個滿口仁義道德、滿肚子男盜女娼！

挖

從苦難中一路走來
幸福卻在遙遠處
無情的歲月即將把
　我們的軀體化爲靈身
我無憾　無悔
亦未冀求不實的彌補和慰藉
且讓時光繼續走遠
徒留滿天繁星閃爍……

新市街道經常地挖挖填填又補補，街的那一頭是美麗的千瘡，街的這一邊有悅人的百孔。今兒卻挖起木棉樹下的紅磚道，敲碎了歇腳椅，砍斷撐凸紅磚的木棉根，滴落的露珠，彷彿是一串串悲傷的淚水，只是不敵鐵石心腸的人類、銳利無情的斧頭：：：：。

橫過馬路環繞廣場的木棉道，從它初植到成長，從它光禿的枝椏到粗壯的主幹，從新芽到枯葉，開花又凋謝；我們已是十餘載的老鄰居、好朋友。我曾經在歇腳椅上享受綠蔭下的清涼，也曾經在紅磚道上躑躅和漫步。綠葉未曾有繁花點綴，百花也莫須綠葉襯托。季節把它們分成兩個不同的世界，葉落花開，花落枒萌，當綠葉蔽天時，主幹卻佈滿綠色的青苔，雖然它有不均勻的地方，卻顯現一份殘缺的美；而殘缺卻源於自然，源於一個亙古不變的定律。自然何嘗不是美的定義！

他們在木棉道與馬路的間隔處，挖了一條小壕溝，連綿不斷的梅雨，不見工人，只見散落一地的棄物和工具。而這條尺來寬的壕溝，卻讓我快速地把已逝的時光轉回，雖然不能喚回失去的歲月，卻啓開了我童時記憶的酒窖。

那年，我才十一歲，砲聲依然在這塊小小的島嶼不停地隆隆，西天有雲彩，島上有戰事。幼小的心靈承受太多的苦難。砲聲響，彈片飛，這似乎已司空見慣，只是幸運地、僥倖地，那震耳的砲聲，銳利的彈片，僅掠過我的耳際和頂上；學校的停課，並非教我們躲在防空洞裡求生，依然得尋機、找空隙，隨著父親上山挖籃番薯、摘些蔬菜，以維生機。或許被匪砲擊斃，有人同情，餓死是活該。往往父親讓我擔負的是肩頭難以負荷的重，空中砲彈的咻聲，與我的氣喘聲，同樣地難忍；放下重擔喘口氣，臥倒在壕溝裡等彈爆，都是同樣的心情。這條蜿蜒的小壕溝，由村內直達海岸線，它並非用來避彈，而是軍方架設電話線的專用道。我的身軀尚不及它的寬度、深度，雙拳緊握撐胸，臥倒在裡面，並不能躲避在空中穿梭、隨時會落地的砲彈碎片，空爆彈的殺傷力，動植物都必須屈服於它的淫威；它火紅的一片片，不是半空中掉下的雪片，誰也沒有勇氣獨坐在窗前。

砲火如果沒有爲自身造成傷害，卻始終無懼於它的存在：聽多了砲聲，聞多了煙硝，半空中閃爍的火光，也彷彿不在意。操縱者畢竟是人，也直接地讓我們累積了許多經驗：在什麼時刻能安全地在田裡幹點活，不管是播種或收穫，戰事總會過去的，生存才有希望。在這苦難時刻，雖然不能升學，獲取更多的知識，但能爲這個貧困的家盡點棉薄心力，爲父母分攤肩頭的重擔，其他別無冀求，也無從選擇。

爲了閃避不長眼的落彈和碎片，以及方便臥倒掩護自己，經常地，我們會順著這條窄小的壕溝往返住家和耕地；但也只限於荷鋤或空手，如果牽了牛，挑了作物，遇上隆隆砲聲和落彈，已不能弓身爬著或臥倒，只有鬆開牛繩，任牠狂奔；放下重擔蹲下，雙手抱頭或摀耳，這些熟悉的動作，不是與生俱來的，而是砲火的洗練。我們也在落彈濺起的泥沙中，逐漸地成長。

曾經，我在臨海的鐵絲網旁摘取野菜，蓋因田裡已沒有多餘的番薯或籐葉供給豬食，野菜是唯一能填飽牠們饑餓的肚腹，不管砲火多麼猛烈，人與家畜也衍生著密不可分的情感。牠們與人類一樣，只有被落彈擊斃，不會被餓死。砲火一旦稍停，從防空洞中出來，餵養家畜，往往是第一優先。在農家，摘野菜、割柴草，與一般的農耕沒有兩樣。鐵絲網旁少有人靠近，野菜的籐葉長得肥大又青翠，滿滿的兩籮筐，比父親幫我起肩的兩畚箕番薯還重。當我把過長的籮繩打好了結，上了肩，那夭壽的砲彈就落在我的不遠處，嗆鼻的硝煙，滿頭滿臉的泥沙，野菜與生命同等地重要。我看不見自己臉上是什麼色彩，它讓我心驚，不是膽跳。肩上的重擔壓彎了我的腰，泥沙從我的頭上掉下，遮掩住我的臉，又是一陣咻聲巨響，我並沒有失去知覺，濃煙彌漫著整個山頭，蜿蜒的山路，遙遠的路途，坎坷的命運：我腦裡想的似乎不是這些，腰也不再彎，氣也不再喘，用手拂去臉上的泥沙，我坐在田埂上，癡望著掠空而過的金光，是嚇呆了，還是嚇傻了，腦裡已浮現不出一絲記憶：：：：。

那晚，母親拈了香，在祖先的牌位前跪下，感謝先人的慈悲，保佑我平安回家。然而，我卻吃不下母親爲我準備的「蔥頭油泮麵線」，在這個砲火連天的苦難時代，這碗麵線是難得的佳餚，而我卻難以下嚥，靜坐在椅上，聽遠方傳來的砲聲，看閃過天邊的火光，而後無懼於漆黑的豬欄，我抱了一把野菜，悄悄地放進豬漕裡。豬隻快速地爬起，搶吃著野菜，相互推擠的聲音，劃破沈悶的夜空。我雙眼凝視夜裡的豬欄，修長瘦弱的豬隻，沒有「歐羅肥」商標上的肥胖樣，前爪攀著牆壁，伸長脖子發出讓人憐憫的饑餓聲。如果沒有我冒死摘回那擔野菜，那一聲聲饑餓的哀嚎，將是飼主心中的悲痛。野菜泮著清水和米糠，雖不能撐起牠們圓滾的肚皮，至少可以維持牠們的生命。砲火總會停的，野菜被摘下始必又重生。人類費盡心血飼養牠們，期望的是牠們長大待宰，以牠們的生命換取油、鹽、米、麵，稍微改善一下，砲火為我們帶來的貧窮家境、苦難生活。

砲聲又激烈的響起，夜間多數是「宣傳彈」，撿了宣傳單，不能偷看、收藏，必須繳交村公所。然而，落下的彈頭，一樣讓人粉身碎骨；我們不得不躲進在芭拉樹下挖掘的地洞：洞口是一條丈來長的壕溝，只容許一個人進出，洞內是土質較硬的「紅赤土」，深入地層約二丈，弓身入內，只能蹲著，或坐在冷冽潮濕的地上。在這個苦難的年代，以為這方地洞就是一處安全的避難所，或許，它能躲避尖銳的彈片、震耳的砲聲；如果落彈在周圍翻滾，不必擊中洞頂，我們雖僥倖沒被落彈擊斃，但也會被倒塌的土方活埋。生命或許不該在這場戰火中滅絕，它造成我們生活上的艱困和恐懼，並沒有帶給我們傷亡。當然，同處於島上的島民，歷經這次戰役，各人的命運和際遇有所不同：家破人亡，大難不死；終身殘廢，僥倖逃過；不同的鄉里，不一樣的傳聞；不同的姓氏和聚落，承受著相同的命運。受創的何止是我們的生命和財產，內心裡、心靈上所承受的，才是永恆的悲痛。

戰爭雖然已輾過四十餘年的日月星辰，往事卻栩栩如生地顯現在眼前。木棉樹下新挖的壕溝，彷彿也挖起深埋的記憶。然而，腦中浮現的似乎只是它的片段，還有多如廢墟裡的瓦礫，尚未被揭起。有一天，我的思維不再受限於俗務，行筆依然如水流，我願以一盞即將枯竭的心燈，燃起希望的光芒，照亮廢墟裡的一磚一瓦，不加粉彩，讓事實重現，而非歷史重演。又有誰能撫平我心靈的痛苦和傷痕，歷史是一面明鏡，歲月教人蒼老，沒有歷經戰火的孩子永遠長不大，亂世並沒有把我們塑成英雄，誰願踩著我們的腳步前行？誰又是歷史的見證人？無情的歲月即將把我們的軀體化爲靈身，我們從苦難中一路走來，幸福卻在遙遠處，我無憾、無悔，亦未冀求不實的彌補和慰藉，且讓時光繼續走遠，徒留滿天繁星閃爍……。

白翎插播：

從街道上的挖挖掘掘，勾引起幼年躲土洞的回憶。陳長慶確實活在無可救藥的往日情懷，不未老先衰也難。

躲過土洞的這一代，如今回想起來，也不過是一種精神上的慰藉罷了！土洞真能擋砲彈嗎？能夠活存下來，真的是上天的定數。猶如驚弓之鳥的島民，如今，仍然得驚悸在飄渺不定的風向球中。

歷經砲火的這一代，總有一絲揮不去的戰爭陰影。那種心靈上的烙印，是歲月難以彌補的。不時的風風雨雨，總逗得心魔也不時地閃晃，就算是難逃的劫數，煎熬的總是這些苦難的子民，冷氣房裡的諸神聖呀！何時還我寧靜？何時不再疾風驟雨？難道連希冀風平浪靜，也是如此這般的遙不可及！

附錄

《失去的春天》讀後

陳映真

《失去的春天》有豐富的感情
馳騁的想像
熱烈的情愛
對大自然和鄉土的歌頌
敏銳的感傷與憂悒……

《失去的春天》在語言上頗為突出。一般小說敘述的語言，多為質樸、準確的語言，但求其實。但《失去的春天》幾乎用的是一種美文寫成，有詩、散文的濃厚質素，在營造效果上有獨特的效果，也表現出作者在語文上獨自的風格。

《失去的春天》在表現金門鄉土特質上，是本島臺灣的文學中所僅見。金門的風土、民情、農村、鄉居和勞動，生活描寫比較厚實，例如：寫到「撇蕃藷股」一段，因來自具體生活，形象就豐滿感人。

《失去的春天》和一切自傳體小說一樣，有其長短。長者，親身經歷、題材熟悉，寫來流暢豐順；短者，為自傳編年、事跡之所限，人物、情節為平生眞實性所限，難有創造性的發展與變化。《失去的春天》看來眞實的自傳性很高，很多人、事、地，幾乎與眞人眞事相差無幾，甚至符節縝合。這在閱讀上，也可能限制了讀者去閱讀時的想像及再創造。當然，本文也絕不是平生的照本宣科，其中有變異發展、虛構，殆無疑義，但自傳成分多於虛構，則應為特色。

有謂長篇小說講究人物與結構。其實，小說不論長短，人物與結構皆是關鍵。只不過長篇篇幅長，所以人物、結構的營造鬆弛不得，一旦經營不慎，容易露出破綻而已。

《失去的春天》在結構上，一般地暢快通融，沒有太大的冗滯。這是自傳小說之所長，本篇也不例外。

人物描寫，重在寫出「立體」的人物，即有血有肉，在故事發展過程中有成長（或退步），有變化，不能出場和退場時一個樣。人物要有生命，在小說中的人生裡，在心靈、心理、性格上產生變化或成長。人物比較忌憚「平面」型，即概念型、血肉不飽實，沒有生命變化的人物。

《失去的春天》寫兩個女性，顏琪的熱情、剛直又世故、熱情又純潔。她的個性也經歷了改變，從佔有慾強、善妒，到重病而變成「寬大」、「理解」。但這變化的過程簡短，缺少一個令人信服的過程。重病當然是個原因，但因著墨太淡，這個重大生命苦難的考驗與轉折沒有寫出，即匆匆死去。

黃華娟內斂、有（文學）教養、沈著、熱情，知道自己的抉擇、「擇愛固執」。她也有所轉變，即到最後知愛情之不可強求，而讓「陳大哥」離去。但這一轉折也缺少一個過程。前一秒鐘猶背著重病的顏琪熱烈戀愛，後一秒鐘就清醒地承認「陳大哥」是無緣之人，說服力比較弱了。

再說陳大哥，他耿介、清廉、幹練、負責、正直，有才華而多情。但從人物出場到退場，經過熱烈的戀愛，公務生活中的矛盾鬥爭，經過刻骨銘心、所愛之人的病亡，但總的來說，他沒有太大的改變。當然，最後捧著顏琪骨灰回金門，決心與骨灰廝守，斷卻了與黃華娟的感情，此不可不謂大了悟、大變化，但惜乎作者沒有為這一大變化安排一個合理、深刻的歷程。讀者但覺前一天仍情難自禁而背著顏琪與華娟斯纏，今天忽然了悟。

愛情是文學中恆古常新的題材。其所以歷古常新，無非詠歎情愛之眞。《失去的春天》，也是旨在傳頌三個青年男女眞摯難抑的感情。但寫到黃華娟執意介入，陳大哥情難自禁；顏琪病重，其他兩人背地歡愛，都令讀者對人物在情感上的「眞」感到懷疑。心猿而意馬，意亂而情迷，本是人之常情，小說自然不是只寫三貞九烈，但須寫人性在脆弱、軟弱中靈與肉——心之所守與肉之難禁之間深刻的矛盾、煎熬與苦痛，甚至寫因人的軟弱而來的苦難與折磨、甚至毀滅，及其所帶來的生命的大轉折。

《失去的春天》有這些特色：豐富的感情、馳騁的想像、熱烈的情愛、對大自然和鄉土的歌頌、敏銳的感傷與憂悒……凡此，皆「浪漫文學」之特色，是一種年輕的、充滿青春氣息的文學的特點，足見作者心靈充滿著年輕的氣息與生命，則其創作上的發展，大可期待。作者尚未寫出的童年、戰時體制、現實生活的奮鬥、金門與大陸的歷史縴絆，都是作者走向深刻的寫實主義的生命素材，加上作者寫作、思維之勤，其前路當可切切期待也。

一九九九、四、十七　於臺北

我的父親

陳妍伶

從以前到現在
父親有一句話
一直在我的腦裡浮現
那不是一句名言
但卻是影響我極深的話——
「踏實」

打從出娘胎到懂事以來，我的父親就在我的生命中，留下了一道不可抹滅的痕跡。至今，父親雖已年過半百，但他始終是心目中永遠不可或缺的人物。

只要一提起我的父親，就不得不說說他那兩大特徵了：「濃眉大眼」是遺傳自我的祖父，這更成了我們這一家的「正」字標記，也因此，家中姐妹最常被誇讚的，莫過於是這雙「電眼」了，其實這都要歸功於父親呢！另外，那銀白色的「華髮」也是識別他的另一特點。老爸總是說白髮並不代表老，是「智慧」的另一象徵，所以他也不會引以為意。也由於他的好脾氣，所以有些認識的老朋友都稱他「阿伯」或「阿公」，但也從不見爸爸臉上出現一絲絲的怒意。

我的父親從年輕時期就對寫作十分熱衷，而寫的題材大部分都是時下年輕人最鍾愛的「愛情故事」，但有些時候，他也會寫些鄉村、人物描寫之類的散文，而我的興趣也是因此而來的。

除了寫作外，我那能力強得可以和超人媲美的老爹，在「房事」方面也是非常值得讚揚的哦！嘿！不要想歪了！我所說的「房事」可是指做「廚房裡的家事」，管它是煎、煮、炒、炸，每一樣只要老爸一動手，絕對是美味可口。

從以前到現在，父親有一句話在我的腦海裡浮現，那不是一句名言，但卻是影響我極深的話——「踏實」。一句只有兩個字的話，雖然不是什麼攸關「生死」的話，卻也在二姐的婚禮中出現過，「要平平穩穩、踏踏實實的往下走，幸福就會是你們的……」的確，我也認為無論做什麼都要誠懇踏實的去做，如此一來也才會成功。

從小到大，我與父親的相處比和任何一人來得更親，也因為是家裡的老么，所以父親在我小的時候就十分的疼愛我，餵我喝牛奶，甚至更換尿布，到了現在，假如我的成績不理想的話，他還是捨不得罵我，反而會勉勵我再接再厲、不氣餒。更因如此，父親在我眼中是一位慈祥又和藹、集才氣於一身的人，也因有他，我的生命才會過得那麼有意義。

在此僅以本文獻給我最敬愛的老爸，謝謝您十多年來對我的照顧及養育之恩。

附註：

本文原載八十八年八月十三日《金門日報》「中學生園地」

歲月催人老

——《後記》

歲月讓我成長
也讓我蒼老
時光已匆匆地輾過我五十餘年
的日月星辰
生命儼若秋天即將枯萎的落葉
不再是春日盛開的花蕊

不可否認地，歲月讓我成長，也讓我蒼老。

時光已匆匆地輾過我五十餘年的日月星辰，生命儼若秋天即將枯萎的落葉。不再是春日盛開的花蕊。

踏上這條坎坷的文學不歸路，我將克服萬難，一步一腳印，繼續未完的行程。倘若滯留不前、中途停頓，那便是我毅力不足、意志不堅，又有何格與朋友談文論藝。雖然沒有亮麗的成績、傲人的成就，但我並沒有被摒棄在文學之外；在這片藝文園地裡面，依然有我的身影，依然留著我用血汗凝聚而成的結晶體。

書裡的十四篇作品，沒有一個字是坐著寫的。俗事壓迫著我的思維，環境逼迫我站在一部老舊的影印機旁寫作：經常地，一份十元的零售報，讓我字句難相連；一支廉價的原子筆，卻中斷我好不容易湧來的文思。因而，我很珍惜書中的每一篇作品。甚至每一個字句，都與我的生命息息相關，只因爲它們源自我的心靈，以及那雙粗糙笨拙的手；不管方家作何解讀和認定，我沒有理由不珍惜，不喜歡！

一九九八年秋分，名作家陳映真先生夫婦等一行蒞金，大師帶來大作乙套五冊相贈。離金時，我則呈上《再見海南島．海南島再見》、《失去的春天》等二書，請其指正。大師在百忙之中，不忘寫篇讀後感的承諾；九九年四月下旬，我收到大師親筆撰寫的「《失去的春天》讀書報告」大作，雖然只有短短的千餘字，大師的卓見卻讓我敬佩萬分；然而，我何德何能膽敢接受大師的「讀書報告」，擅自失禮地把它改成「讀後」：相信大師必能體諒我的心情，體會我的由衷心意。把它收在書裡，或許有所不妥，但如果想把它收在《失去的春天》的二刷裡，套用書裡黃華娟的一句話——「來生」。因而惟恐日久而散失，愧對大師，就暫時把它存放在這本書裡，待中國統一再做歸類。

讀國一的么女兒，在今年的父親節，寫了一篇作文《我的父親》，刊登在《金門日報》「中學生園地」。我把它收在附錄裡，並非冀望她日後能綻放文采，而是保存她少年時的那份純真，以及無可取代的父女深情。

感謝老友白翎，在有限的公餘時間，除了探討我的小說外，又針對我的散文提出不同角度的見解和看法。文後附加的插播，是他跳出舊有的窠臼，所做的「另類」嘗試，無論是褒貶或揶揄，都讓本書增色又生輝。

感謝詩人、畫家《國立臺灣藝術學院》講師兼夜間部學務組長張國治，在教學與行政事務雙重的忙碌下，依然應允爲本書設計封面。

今年或許是我此生最興奮的一年，大女兒、二女兒相繼地找到她們理想中的伴侶攜手步上紅毯。三女兒修完教育學分，實習完畢，順利地謀到教職。四女兒也轉學到北部一所她嚮往的護理學校就讀。么女兒除了「生物健教」是甲等外，其他各科成績都是「優等」。因而，也讓我們深刻地體會到：不管是幸福的追求、學識的汲取，如果沒有付出辛苦的代價，光憑僥倖二字，又怎能擷取到甜蜜的果實？

倘若歲月催人老，而軀體尚未老化，頭腦未昏，我的文學生命絕不宣告終止！任何的阻礙，都不能構成停筆的藉口；唯一的，是深恐被自己所擊敗。明年的春花開，或秋葉落，願我能攀上文學生命裡的另一座高峰，而不是倒在自我毀滅的血泊裡。

感謝您！親愛的讀者。

一九九九年十月　於金門新市里

作者年表

一九四六年　民國三十五年

八月生於金門碧山

一九六一年　民國五十年

六月讀完金門中學初中一年級因家貧輟學

一九六三年　民國五十二年

一月任金防部福利單位雇員，暇時在《明德圖書館》苦學進修

一九六六年 民國五十五年
三月第一篇散文作品〈另外一個頭〉 載於《正氣副刊》

一九六八年 民國五十七年
二月參加救國團舉辦《金門冬令文藝研習營》

一九七二年 民國六十一年
五月由福利單位會計晉升經理，仍兼辦防區福利業務
六月由臺北林白出版社出版《寄給異鄉的女孩》初版一刷 文集
收一九六六——七一年作品，散文、小說、評論 各十篇
八月由臺北林白出版社出版《寄給異鄉的女孩》再版一刷 文集

一九七三年 民國六十二年
二月長篇小說《螢》 載於《正氣副刊》

五月由臺北林白出版社出版《螢》初版一刷　長篇小說
七月與友人創辦《金門文藝》季刊，擔任發行人兼社長，
　撰寫發刊詞，主編創刊號
九月行政院新聞局以局版臺誌字第００四九號核發
　金門地區第一張雜誌登記證，時局長為錢復先生

一九七四年　民國六十三年
六月自福利單位離職，輟筆，經營《長春書店》

一九七九年　民國六十八年
一月《金門文藝》革新一期由旅臺大專青年黃克全等接辦，
　仍擔任發行人

一九七四年——一九九五年　民國六十三年——八十四年

創作空白期

一九九六年　民國八十五年

七月復出

新詩〔走過天安門廣場〕　載於《浯江副刊》

八月散文〔江水悠悠江水長〕　載於《青年日報副刊》

九月中篇小說《再見海南島　海南島再見》　載於《浯江副刊》

一九九七年　民國八十六年

一月由臺北大展出版社出版發行三書：

《寄給異鄉的女孩》增訂三版一刷　文集

《螢》再版一刷　長篇小說

《再見海南島　海南島再見》初版一刷　文集

三月長篇小說《失去的春天》　載於《浯江副刊》

七月由臺北大展出版社出版發行

《失去的春天》初版一刷　長篇小說

一九九八年　民國八十七年

一月長篇小說《秋蓮》上卷〔再會吧，安平〕載於《浯江副刊》

五月長篇小說《秋蓮》下卷〔迢遙浯鄉路〕載於《浯江副刊》

八月由臺北大展出版社出版發行三書：

《秋蓮》初版一刷　長篇小說

《同賞窗外風和雨》初版一刷　散文集

《陳長慶作品評論集》初版一刷　艾翎編

一九九九年　民國八十八年

六月長篇小說《秋蓮》列入《一九九八年臺灣文學年鑑》

十月由臺北大展出版社出版發行
《何日再見西湖水》初版一刷　散文集

國家圖書館出版品預行編目資料

何日再見西湖水 / 陳長慶著. -- 初版. -- 臺北市 : 大展, 民88
面 ; 公分. --(文學叢書 ; 8)
ISBN 957-557-970-4(平裝)

848.6 88015022

何日再見西湖水

作　　者／陳　長　慶
封面攝影・指導／張　國　治
封面構成／林　俊　傑
校　　對／陳　嘉　琳
發 行 人／蔡　森　明
出 版 者／大展出版社有限公司
社　　址／臺北市北投區(石牌)致遠一路2段12巷1號
電　　話／(02)28266031・28236033
傳　　真／(02)28272069
郵政劃撥／0166955-1
登 記 證／局版臺業字第2171號
承 印 者／國順圖書印刷公司
裝　　訂／嶸興裝訂有限公司
排 版 者／千兵企業有限公司
電　　話／(02)28812643
金門總代理／長春書店
金門縣新市里復興路130號
電　　話／(082)332702
郵政劃撥／19010417　陳嘉琳帳戶
法律顧問／劉鈞男大律師
初版1刷／1999年(88年)10月

定　價／200元

大展好書 好書大展